浦睿文化 出品

肖申克的救赎

[法]弗兰克·达拉邦特 著

王 凌 慕容雪村 译

湖南人民出版社

目录

i 丽塔·海华斯和达拉邦特的救赎
斯蒂芬·金

viii 斯蒂芬·金和达拉邦特的救赎
弗兰克·达拉邦特

001 肖申克的救赎

137 剧照

145 必要调整：从脚本到银幕的历程
弗兰克·达拉邦特

195 分镜剧本

219 后记：来自壕沟里的备忘录
弗兰克·达拉邦特

227 通往自由之路
慕容雪村　王凌

丽塔·海华斯和达拉邦特的救赎

斯蒂芬·金

我热爱电影。

当人们问起,为什么我有那么多部作品被拍摄成电影(二十五部左右,包括五六部经典之作),我说这很简单:因为我热爱电影。有无数次,那些小气巴拉的评论家们指责我将写脑海中出现的电影当作头等大事,我何必要这么做呢?写书赚的钱要多上三倍呢……如果说我们非要用金钱来衡量的话。事实上,我不是在脑子里写电影,而是一直用眼睛在写。当被问及我作为小说家为什么这样成功时,我的第一任编辑比尔·汤普森如是说:"斯蒂芬的脑袋里有架投影仪。"我可没有(那玩意儿的块头可不小,而且肯定没法通过机场的金属探测),不过的确有时候会有类似的感觉。我的书就是我在脑海中看到的电影。我把它们写了下来,然后某个制片人说:"嘿,这本子能拍部好片子。"因为从某种意义上来说,它已经是一部电影了。

从第一次看电影起,我就爱上了电影。想象一下,一个穿着短裤、已经开始戴眼镜的小男孩,坐在影院的第五排,张大着嘴,盯着《小鹿斑比》里巨大的动画角色。这个小男孩的两只手在裤裆前拧了起来,他已经憋坏了，却不想让他的妈妈带着去厕所。哪怕只是这一丁点儿时间，他也不愿落下。从那时候起我就热爱电影，现在也依然热爱（当然，在47岁这个岁数，我得多跑几趟厕所了）。1977年前后，当我开始小有成就，我找到了一种方法，可以把电影曾给予我的快乐贡献一小部分出来，当作回报。

1977年，年轻导演——大多是大学生——开始给我写信，想要将我发表的短篇小说（首先是《玉米田的孩子》，之后是《被诅咒的手》）拍成短片。虽然我的会计师预见到了诸多可能涉及的法律问题，但我还是不顾他的反对，制定了一条沿用至今的规矩：我授权学生导演可以将我的任意短篇（长篇小说就不成，那样的授权太荒谬了）拍成一部电影，只要保证电影版权仍然由我指定即可。我要求他们签署一份文件，保证在未经我许可的情况下不会对成品进行商业性展映，另外还要把完成后作品的录像寄我一份。对于这份一次性版权，我的要价是一美金。和接下这份序的时候一样，我顶住了会计师的抱怨和他做抱头捂脸状的抗议，成交了大概16到17笔"一块钱交易"——这是我的叫法。被拍成电影的短篇包括了《玉米田的孩子》里的《夜晚冲浪》《夜魔》和《最后的阶梯》，《被诅咒的手》里的《该隐站起来》和《厕所有老虎》，还有一部18分钟时长的《太阳狗》，取自《午夜禁语》，令人印象十分深刻。大部分改编并不出色，不过也有少部分作品展现出了一星半点的才能。导演有没有才能，对我来说几乎没差别，不过呢，我还是希望能对这些年里获得的——那些在黑暗当中度过的欢乐时光——做出些许回报。于是我会观看这些影片（多数时候独自一人，而且只看一遍。大多数情形下，能看完一遍就算人类可承受的极限了），然后把它们摆到一个被我标上"一块钱宝贝"的架子上。

事情唯一一次偏离轨道，就是碰上了弗兰克·达拉邦特。这个20岁的导演写信来要求拍摄《玉米田的孩子》里的一个短篇，《房间里的女人》。我初看时，觉得这个请求非常地与众不同。因为《房间里的女人》和《玉米田的孩子》里其他大部分短篇截然不同。这一篇写于我母亲和宫颈癌长久战斗却最终失败之后，类似于源自我心底的呐喊。她的痛苦——她痛苦中的毫无意义——从最根本处深深地震撼了我，促使我用一个崭新又审慎的视角来看待世界。除开父亲或母亲在仅仅62岁的年纪过世带来的切身悲痛，这是我的另一番感悟。

我批准了年轻的达拉邦特先生的请求，而且在信中提到说，他是我接触过的所有导演当中，仅有的写东西不像文盲的两位导演之一（顺便提一句，另一位同样拍出了非常优秀的短片）。达拉邦特的一美金支票随信寄了过来，而我随后就把他忘掉了。

三年之后，到了1983年，我才在匆忙中想起。弗兰克把他的电影的录像带寄给了我，我近乎目瞪口呆地看完了片子，还有些泪腺发酸的感觉。二十年之后，《房间里的女人》依然被保留在我最喜爱的改编电影的简短名单里。如果你想知道为什么，也许可以到当地的音像店里去找找仅存的租赁录像带（或许片子会被错摆到恐怖类的架子上）。这是常常会被拿来和杰夫·史禄引人入胜的短片《太阳狗》相提并论的一部作品。

弗兰克凭《女人》一片赢得了一个奖项，他和我之间有过几封愉快的通信，随后就回归各自的生活里去了。我猜想他通过我的书籍追随着我，而我则从他在《幽浮魔点》翻拍版和《变蝇人》续集等电影的职员表中的偶尔露脸来了解他的踪迹。

然后——大约在1987年，按照他自己的说法——弗兰克写信来问他能不能挑选《四季奇谭》里的某部小说来拍摄，那是个吉米·卡格尼时代的华纳兄弟风格的越狱故事。随后他写下了这样一个长长的、虚构一样的篇名："丽塔·海华斯和肖申克的救赎"。我几乎是胡乱地就答应了弗兰克。我压根就没有想过他能把电影拍出来，不过《房间里的女人》珠玉在前，我在给他许可时从未有过怀疑，我知道如果他这一注赌赢了，真的把电影拍出来了，那或许会是一部相当有趣的作品，哪怕并不完美。

另外，我也想看看他能从故事中演化出怎样的剧本来。虽然小说里也拥有为数不少的视觉元素，但总的来说比《凶火》（我最具视觉效果的小说之一，同时也是一败涂地的一部电影）之类的作品要逊色许多。《丽塔·海华斯和肖申克的救赎》的创作很大程度上应当归功于马克斯·布兰德，他在40年代创作了《基戴尔医生》和一系列令人拍案叫绝的西部小说。布兰德有个小技巧，就是让旁白先是平淡无奇地说着"我想要跟你说说我那位神奇的朋友"，接着却通过各种谦逊又不经意的方式说起自己。我一直很喜欢这种把次要角色塑造成一位英雄的写法（类似于把华生变成夏洛克·福尔摩斯），而且我决定在《丽塔·海华斯和肖申克的救赎》里尝试这样的手法。结果我写出了一部颇为文艺范儿的令人伤感的小说……一般来说这并不算能拍出好电影的材料。

但是我也应当牢记，正是这类东西，才会时不时催生出一部杰出的电影来。

我说到哪里了？对，拍摄合同，我们完成了这一部分。然后过去了五年。在这段时间里，弗兰克导演了一部棒透了的有线电视电影《活埋》（我记得是给美国有线电视网拍的），除此之外，我几乎看不到他的踪影。我以为他要不是在剧本上遇到了麻烦，就是觉得选得不好干脆放弃了。接着，在1992年的某一天，一份来自达拉邦特先生的超重量级剧本被送了过来，我的意思是这个宝贝看上去几乎和中篇小说原文差不多长了。一开始，我没有翻开剧本，只是坐在办公椅里，将它拿在手上，心想："这不可能，弗兰克，小子。我连翻都不用翻开，就知道正常人绝不会拿这部怪兽剧本来拍电影。这东西拍出来能有《1900》[1]的导演剪辑版那么长了。"

1　《1900》是贝托鲁奇在1978年拍摄的电影，导演剪辑版有315分钟时长。——译者注

不过最终，我还是把这些猜疑抛到一旁，开始阅读。这部剧本简直太出色了——出色到我认为加利福尼亚州的任何一家公司都拍不出来。我不认为这个持续消费铁血战士和终结者，而条子们最棒的台词只有"走着瞧，王八蛋"的电影产业里，会有《丽塔·海华斯和肖申克的救赎》的一席之地。不过我还是续签了弗兰克的合同（我记得我好像从没有兑现过第二张支票），然后将我的祝福一并寄给了他。

然后，他找到了城堡石娱乐公司，后者曾因翻拍我的一部作品而获得了不可思议的成功：罗伯·莱纳导演的风格独特、充满乐趣的《伴我同行》，这部影片改编自《尸体》，同样出自《四季奇谭》，赚得盆盈钵满。这些年来，城堡石或多或少挽救了我在电影行业内的声誉，使我免于成为票房毒药。而没有哪一部电影，比那部最终以"肖申克的救赎"而闻名的电影（虽然并非那些爱挑字眼的评论家所认可的最佳片名，不过，你又准备用什么名字呢？西碧尔·丹宁火烧屁股了？西碧尔·丹宁根本就没在电影里出现！）更加成功了。就在我写下这段序的时候，《肖申克》一片获得了七项美国电影学院奖提名，包括最佳影片奖（弗兰克被残酷而且很难以理解地排除在了最佳导演提名之外，天知道是为什么），而且很可能赢得一两座小金人。看上去可能性不大，不过，嘿，在这个"破坏者"道格拉斯这样的家伙都能击倒迈克·泰森的世界里，一切皆有可能，对不对？

不过，小金人并非我们关注的重点。你要知道有好几尊小金人曾经被一部保罗·纽曼骑着滑稽的自行车，B.J. 托马斯唱着"雨点不停滴落在我头上"的电影获得。重点在于，在最辛苦、最不利的情况之下，天才依旧能绽放光彩。作为一个自从 1976 年被保罗·莫纳什签下《魔女嘉莉》之后就与电影界结缘的圈外人，我很享受自身这个非常独特的观察角度……从这个角度来看，我可以告诉你，弗兰克原本不可能获得投资来拍摄他根据我这部小说创作的剧本，而且就算他得到拍摄机会，他的影片也不可能原封不动、一刀不剪。可这样的事情就是发生了：我曾放在手中掂量，并因其过重而将其暂时搁置一旁的剧本里的每一个字和每个动作，几乎都出现在了电影里。本该老掉牙、动弹不得的设备——比如摩根·弗里曼无所不在的画外音——被擦拭一新，并经导演的雕琢和爱抚，再次绽放出光彩。演员们带来了出色的表演。而且这一次，电影的超常规时长非但没有影响票房，反而为其赢得更多赞誉。

接下来就是弗兰克的剧本了。我强烈推荐你阅读本书，享受它，而且为之惊叹：你正真真切切地阅读着一份美梦成真，阅读一部让艺术高于商业的、奇迹般的神作。至于我，我只是很庆幸认识了弗兰克，而且在第一时间体验到了达拉邦特的救赎。

1995 年 3 月
班戈尔，缅因州

斯蒂芬·金和达拉邦特的救赎

弗兰克·达拉邦特

我也热爱电影。

只不过我看的不是《小鹿斑比》,而是《鲁宾逊太空历险》,一部把迪福的经典小说改头换面、制作粗糙但很有吸引力的科幻电影,主演保罗·曼迪饰演指挥官"工具箱"德拉普(即鲁宾逊·克鲁索),维克托·兰丁饰演星期五,绒毛猴巴尼饰演太空旅行中的类人猿吉祥物莫娜。(前蝙蝠侠扮演者亚当·威斯特在电影前段里小露了一脸。)我当时5岁,这是我在真正的电影院里看的第一部电影。我的哥哥安迪——比我整整大8岁,在我眼中拥有令人难以置信的睿智和好心肠——决定带上他烦人的小跟班兄弟去看日场电影,于是他把我放在他的自行车车把上,踩着车一路来到了好莱坞大道的世界影院(现在已经停业多时了)。路上差不多有三公里吧,但是那一天他带着我的那段路仿佛有三百万光年那么遥远。展现于眼前的画面仿若同步魔法,在漆黑的电影院里冲击着我的脑海,那是我从没有见过,也想象不到的。那就是电影。不是在电视显像管上闪烁的黑白磷点,而是投射在巨大荧幕上的彩色画面。这一切命令你专心致志。"坐好了,仔细听,"

它说道,"这儿可不是让你东张西望的地方。这儿是个专供崇拜的地方。"

在那以后,我将整个童年生涯投入到观看任何能吸引我目光的影片上。我迷恋上环球出品的怪兽电影,被乔治·帕尔的电影所感动,沉溺在雷·哈里豪森的出彩特效里,跟着亚利克·基尼斯,带上引爆器炸掉了横跨桂河的大桥。我还跟着一台名叫哈尔的电脑穿越了时空。我回顾了十几遍《最后一个人》。只要能够晚睡,我就会如饥似渴地吸收着每一部粗制滥造的文艺片和哪怕最差劲的音乐剧……

不过,不仅仅是电影,也包括书籍。故事,更多的故事,奇迹永不会消失,冒险一直在继续。长大的过程中,我总是读不够这些伟大的作家,现在依然如此。我的故事大师词典里有雷·布雷德伯里、马克·吐温、理查德·麦瑟森、哈兰·艾里森、查尔斯·狄更斯、雪莉·杰克逊、埃德加·爱伦·坡、萨基、雷蒙德·钱德勒……

哦,还有一个叫斯蒂芬·金的家伙。

第一次接触他的著作,是在高中时代,那可真是一场愉快的偶遇。我加入了一个"每月一书"俱乐部,因为他们的宣传太过诱人,实在难以拒绝——你可以用一角钱(或者是差不多的价钱)买下 5 本书,然后在接下来的几年里你要按照正常价格购买一定数量的书。他们一个月左右会寄给你一本小宣传册,里面介绍可供你挑选的书籍,还包括一张重点推荐图书信息卡——他们的小伎俩在于,如果你不希望收到自动投递的重点推荐图书，你必须记得把卡片寄回给他们。

我很少有钱买新书，哪怕是按照极低的俱乐部价。所以我几乎总是会把卡片寄回去。但是每过一段时间，我就会马大哈地忘掉一两次。自然，在我的沮丧懊悔中，一本我不准备买的书就这样寄到了。心中既怀着懊悔，又充斥着诱惑，我会打开盒子，将书捧握良久，至少瞄上一眼或是翻看一两页——但是资金不足，我还是不可避免地把它重新包好，以尚未阅读的名义寄回去……

只有一次例外。我还记得收到这本封面上透着不祥的书时的情形。"封面看上去有点酷，"我记得自己是这样想的，"但我还是买不起。"在伸手准备把书放回回寄的盒子里时，我不经意地翻开了书页，看到了这样一段："浴缸里的女人很久以前就死了。她浑身青紫、肿胀，充满气体的肚皮凸出水面，像一座周围结上了冰的小岛。她直愣愣地瞪着丹尼，眼睛大而透明，像玻璃球一样。她狞笑着，乌紫的嘴唇向两边咧开，丑陋不堪。她的乳房吊在胸前，阴毛漂浮在水中，双手僵直，像蟹爪一样抓在浴缸两侧。"[2]

你猜得没错，我被吸引住了。暂时压制住了把书寄回去的念头，继续读了下去。我浏览着对年轻的丹尼在发现这具腐烂尸体时的惊惧的详细描述，紧接着，作者笔下的场景让我欲罢不能，一句简单的描写："那个女人坐了起来"。

---

[2] 摘自《闪灵》，龚华燕、冉斌译，大众文艺出版社，2003年版。——译者注

就这样,我绝对不会把那本书寄回去了!虽然不得不为此去东拼西凑。我读完它——不,享用完了——一直端坐着,眼睛几乎无法从书页上移走。每个还记得自己最初读《闪灵》时的感受的人都应当明白我在说什么。

那以后,我又回头读了金之前写的两本书,《魔女嘉莉》和《撒冷镇》。老兄,我上瘾了。我变成了他不断壮大的书迷军团中的又一个,购买挂着他的名字的新鲜上架的任何书。不仅仅是畅销书,而是所有的作品。这让我发现了他那篇令人悲伤不已的小说《房间里的女人》,后来我和我的朋友用三年时间将它拍摄成一部短片。那部名为"丽塔·海华斯和肖申克的救赎"的短篇小说瑰宝也是这样与我相遇。这个漫长而温馨的故事,讲述了一座虚构的缅因州监狱里,两位狱友之间长达数十年的友情。这个故事攫取了我的无数想象,放飞了我的心,更将希望灌注给了我,让我期待着某一天能有幸把它搬上大银幕。

说起来很好玩,但是直到读了斯蒂芬为本书所作的序之前,我真的一直都不清楚为什么他会准许我拍摄《房间里的女人》或者《肖申克的救赎》。现在我们都清楚了,原因正如我所料——斯蒂芬是个纯粹的好人。当他说他想要回馈社会的时候,你尽可以相信他。这一位绝对说到做到——我就是个活生生的证明。

如果我们够幸运的话,每过一段时间都会有人走进我们的生活,一起帮助我们。如果这样的帮助能够持续并有意义,那个人最终会成为你的守护神。在我的生命里，或许斯蒂芬·金压根没有这样的打算，但他就是成为了我的守护神。尽管我从不指望能将他对我的众多善意一一偿还，但是他第一次从大银幕上观看《肖申克的救赎》时的满足感还是让我感到深深的喜悦。他觉得电影把他的原著处理得相当好，这对我来说意义非凡。也许这样就够了，也许用我喜欢读的小说制作出一部他喜欢看的电影，正是我可以回馈他的方式。作为一位热爱电影的好人，或许这就是他的全部期望吧。但是，我依旧不想错过这个用我的感谢让他发窘的机会，所以，我要说：

感谢你，斯蒂芬，感谢你让我借用你讲述故事时的一点儿魔力。感谢你参与到我的生活里，一直帮助我。谢谢你的回馈。

关于创作本书，我有个非常明确的动机。我常常收到来信，大部分都是高中或大学年纪的学生，他们希望获得如何成为编剧的建议。我不是专家，不过我想我算是个编剧，所以我想尽可能多地给予回复。我给的建议差不多都是一样的。在此我想将我三封回信里的内容做些摘录，以帮助那些有相同想法的人。

"……希望这一点能对你投入写作有所慰藉：你要知道，撇开年纪和经验不谈，我们都要和频繁出现的绝望和不安感战斗。对于我来说，写作一直是个持续的、不间断的自我质疑的过程。我不否认写作是一个人可以选择的最自我折磨的职业之一，不然就是在撒谎了。也是基于这最简单的理由：如果一个人真的在乎他的工作，如果他志存高远，那么写作将是一种不断追寻个人极限的持续磨练。毫无疑问，这是一件好事。而寻找自身极限糟糕的一面则是，人们常常会发现他们好像每天都在闷头狂奔，没戴安全帽就一头撞到了墙上。好消息是，每撞一次那道墙就会往后退一点——可能几英寸，提醒你，它的确在移动。这就是原因所在，它告诉你不屈服于恐惧和疑惑而坚持写下去，为什么是那么重要。"

"……我最好的建议就是去写。无止境地写。这是世界上最古老也最有价值的建议。要是一个人从来没有写作过，就在夸夸其谈要卖剧本，我一定会很惊讶。这就好像决心要当一个木匠，却连一根木头都没有钉过，或者想着加入铜管乐队却从来没有练习过乐器一样。我猜是因为电影的门槛太低，所以人们觉得写部电影并不需要任何特殊的技巧，谁都能够做到。但是并非如此。任何技能都要下苦工。你练得越多，才能的磨砺和开发就越多。这一点，再配合大量的决心和坚持，也许能将你带到某个高度……"

"……我很欣赏你关于想要着手写点剧本的思考。你说得没错，发现写在纸上的和最终呈现在银幕上的东西的不同点是非常重要的。不仅如此，了解剧本的应用也很重要，既包括实际的布局，也包括一些微妙的元素（角色、主题、结构等等）。我在你这个年纪的时候也做了同样的事情，只是你拥有非常明显的优势，那就是现在剧本的获得要比过去容易许多（在我读高中的时候，剧本很少发售，也很少印刷成书。现在这两样都很常见了）。我发现阅读脚本能让我体会到它们是怎样运作的。当被问到成为一个编剧的建议时，我总是给出同样的推荐。事实上，我依旧会阅读我仰慕的电影的脚本。不管你在这个行业里待了多久，一部写得精彩的剧本总能教给你一些新东西。我想推荐一本很不错的书，由山姆·托马斯编著的《最佳美国剧本》，里面包括了许多优秀电影的拍摄脚本，包括《虎豹小霸王》和《卡萨布兰卡》……"

我希望这三条摘录能对胸怀大志的编剧们有所裨益，第三条或许最能说明本书要提倡的理念。我注意到最近出版的剧本中存在的非常不幸的一股风潮，那就是将拍完的电影重新转化成脚本。这是我称之为"浮夸"的做法。漂亮的排版和奢华的装帧，却存在一个问题——这不是剧本。看上去不像，读上去或者闻上去也不像。这是在听写。是一本咖啡桌上的休闲读物。更关键的是，我觉得这是对这类书应该服务的读者群——电影学院的学生和电影迷的欺骗。除了他们，还有谁会去买剧本出版物呢？除了他们，还有谁更能从比对原始剧本和最终电影中获益更多呢？

这种浮夸的做法让我发疯，因为它无法把我们需要知道的东西告诉我们；它是在跟真相玩捉迷藏。我更喜欢昆汀·塔伦蒂诺的优秀电影《低俗小说》剧本的美国版初版，原封不动，有包括瑕疵在内的所有内容。这就是他和他的演员每天早上来到布景前使用的脚本。甚至没有排版，书里的页码都跟他的打字机里打出来的版本完全一样。阅读这部剧本能让我深入了解这部电影是如何制作的。它告诉我哪几个场景被缩短了，哪些东西有了改动，什么是演员即兴发挥的……换句话说，这部剧本教了我一些东西。

我希望将我衷心的感谢献给埃斯特·马戈利斯——出版了你手中这本书的女士——多谢她允许我将阅读原汁原味的脚本的快乐也传递给你们。这是由我编写，经城堡石决定拍摄，我的演职人员们每天面对的脚本。里面有不少跟电影不一致的地方——被改动的内容，被更换的拍摄地点，未在影片里出现的场景。在剧本之后，你会看到题为"必要调整"的一章，说明了为什么要做出改动。

最后需要说明的是，要清楚完整地追寻这部电影从文字到银幕的演化，你真的应该从阅读斯蒂芬·金那令人惊叹的短篇《丽塔·海华斯和肖申克的救赎》入手。那是一切的开端，也仍是一切的所在。

1995 年 4 月

洛杉矶，加利福尼亚

肖申克的救赎

弗兰克·达拉邦特
编剧

根据斯蒂芬·金小说
《丽塔·海华斯与肖申克的救赎》
改编

第三稿（终稿）

2/22/1993

"万物之中,希望至美。至美之物,永不凋零。"

1 **内景,林间小屋,夜晚,1946**

一间黑暗、空荡的房间。

门忽然撞开。男女走进房间,醉意醺醺,笑声不绝,场面淫靡。两人等不及关门,已紧紧地缠在一起,互相撕脱衣服,互相抚摸,热烈地亲吻。

他摸索着想去开灯,却把灯打翻了,管它呢,有比开灯更急切的事等着他。他解开她的衬衫,抚摸她的双乳。她展开身体,呻吟着,伸手摸索他的拉链。他把她推到墙边,撕开她的裙子。衣物撕破的声音。

他把她抵在墙上,粗暴地进入。她的头撞在墙上,她却浑然不觉,叫喊着,与他缠磨,抓他的后背,触电般战栗着。他把她抱起来走进卧室,她的双腿盘绕着他,两人扑倒床上。

镜头后拉,穿过窗户,在室外缓缓推移……

2 **外景,小屋,夜晚,1946**

……镜头后移:远远的林中小屋,夜色中情人的欢爱之声……

……镜头后移:林间小路,渐弱的欢爱之声,蟋蟀和猫头鹰的鸣叫声……

……林中响起隐约的乐声,微弱却不柔和,镜头继续后移……

定格:一辆汽车。一辆1946年的普利茅斯停在林间空地上。

3 **内景,普利茅斯车内,夜晚,1946**

安迪·杜弗雷，大约二十五六岁，金丝眼镜，三件套西装。正常情况下这是一个踏实可靠的人，没什么危险性，甚至有点过于温和。但现在的情况远非正常，他头发蓬乱，胡子拉碴，醉得很厉害。他叼着一支烟，冷冷地注视着小路尽头的小屋。

他能听到他们做爱的声音。

他举起一瓶波本威士忌，仰着头大口大口地喝。收音机播放着轻柔的音乐，浪漫得令人心碎，似乎在嘲弄着他：

你从梦中走出
美艳不可方物……

他打开置物箱，拿出一个用破布裹着的东西，在腿上小心翼翼地打开。

定格：一支点三八口径的左轮手枪。油亮，漆黑，闪着邪恶的光。

他毛手毛脚地拿出一盒子弹，子弹滚落在座位上、地板上。真蠢。他拿起腿上的子弹，上膛，一颗又一颗，动作沉着而冷酷，六颗子弹全部上膛。他凝视着那间林中小屋。

他关掉收音机，世界瞬间安静下来，只剩下远处那对情人的呢喃之声。他又喝了一口波本壮胆，然后开门下车。

4 外景，普利茅斯车外，夜晚，1946

他的尖头皮鞋在碎石上嘎吱作响。在他身后，子弹散落，波本酒瓶落在地上，酒水四溢。

他踉跄着走上林间小路。走得越近，欢爱之声就越清楚、越响亮、越激烈。那对情侣攀上巅峰，然后声音渐渐减弱，变成有节奏的喘息与低语。

> 女人（画外音）：噢，天哪，天哪，天哪……

安迪趔趄了一下，驻足静听。女人高潮时的叫声如冰锥刺穿他的大脑。他紧紧地闭上眼，希望声音会停止。

最后，那声音终于停了，如同渐鸣渐远的汽笛，终至消逝无声。只剩下轻轻的喘息声、慵懒的笑声和愉悦的呢喃。

> 女人（画外音）：哦，天哪，太好了，你是最棒的……你是我遇见过的最棒的……

安迪如雷轰顶，无言伫立。他一点都不像杀手，只是林间小路上一个悲伤的小男人，眼泪滑落，手枪无力地垂在身边。真正悲戚的面容。

画面淡出，出字幕。

5 **内景，法庭，日间，1946**

堂上听审的陪审团如同展览馆的蜡像，个个脸色苍白，目瞪口呆。

> 地方检察官（画外音）：杜弗雷先生，请描述你妻子被谋杀那晚你和她的争执。

安迪·杜弗雷站在证人席上，双手交叉，服饰整洁，头发精心地梳理过。他的声音柔和而不乏谨慎。

> 安迪：我们吵得很厉害。她说她很高兴我知道了，她不喜欢老是这样偷偷摸摸的。她说她想在里诺[3]离婚。

---

3 美国著名的离婚城市，位于内华达州西部。凡欲离婚者，只需在该市住满三个月，即可离婚。——译者注

地方检察官：你怎么说的？

安迪：我告诉她我不同意。

地方检察官（看了一下他的文件）："在到达里诺之前，我会先在地狱见到你。"杜弗雷先生，根据邻居的证词，这是你当时说的话。

安迪：如果他们这么说……我真的不记得了，我当时心烦意乱。

画面淡出，出字幕。

地方检察官：争吵之后发生了什么？

安迪：她把行李打包，搬到昆丁先生那里去了。

地方检察官：格兰·昆丁。法尔茅斯山乡村俱乐部的职业高尔夫教练。你最近发现他就是你妻子的情夫。

（安迪点头）

地方检察官：你跟踪她吗？

安迪：我先去了几个酒吧。然后我开车去昆丁先生家找他们对质。可他们不在……然后我就把车停在岔道上……在那儿等。

地方检察官：你想干什么？

安迪：我也不知道。我迷迷糊糊的，喝多了。也许只是想吓吓他们。

地方检察官：你带了枪？

安迪：是，我带了枪。

画面淡出，出字幕。

地方检察官：他们回家后，你就进去杀了他们？

安迪：没有。后来我慢慢冷静下来。我意识到她不值得我这么做。我决定尽快跟她离婚。

地方检察官：尽快离婚，没错。点三八口径的离婚，裹在毛巾里消音，这就是你的意思吧？然后你打死了她的情夫！

安迪：我没有。我回到车上，开车回家，想睡一觉，然后把这一切都丢在脑后。路上我把枪丢进了罗雅河。我想我已经把这点讲得很清楚了。

地方检察官：是，很清楚。但我不明白的是，第二天早上清洁女工发现床上的两具尸体，身上全是点三八口径的弹孔。这会让你觉得是个不可思议的巧合吗，杜弗雷先生？还是只有我这么觉得？

安迪（低声）：是的。它就是个巧合。

地方检察官：抱歉，杜弗雷先生，我想陪审团没有听到你说的是什么。

安迪：是的。它就是个巧合。

地方检察官：是什么？

安迪：它让我觉得，这就是个不可思议的巧合。

地方检察官：这么说，先生，我和你意见一致……

画面淡出，出字幕。

地方检察官：你说在命案之前你就把枪扔进了罗雅河，这么说倒是很省事。

安迪：我说的是真的。

地方检察官：记得明奇中尉的证词吗？他和他的手下在那条河里打捞了三天，连根枪毛都没发现。所以就无从比对你的枪和那些从染满鲜血的尸体上取出的子弹。这倒真是很省事，不是吗，杜弗雷先生？

安迪（无力而艰难地笑着）：因为我是清白的，大人，所以对我而言，找不到那把枪绝对是个麻烦。

画面淡出，出字幕。

6   内景，法庭，日间，1946

地方检察官作结案陈词，陪审团侧耳静听：

地方检察官：女士们，先生们，你们已听过全部证词，知道了所有的事实。我们知道被告就在案发现场，指纹和车轮印可以证明，那些散落地上的子弹、摔碎的波本酒瓶上也有被告的指纹。最重要的是，年轻美丽的女人和她的情人相拥而死。他们确实有罪，可他们是否罪该处死？

他指向安迪，后者安静地坐在辩护律师身旁。

地方检察官：我怀疑杜弗雷先生会说，他们确实该死；我更怀疑他在公元1946年9月21日执行了他自己作出的死刑判决，他对妻子开了四枪，另外四枪射向格兰·昆丁。请想象一下这个场面——

他拿起一只左轮手枪，在陪审员眼前拨弄着转轮，就像一个狂欢节上转动幸运轮盘的杂耍艺人。

> 地方检察官：左轮枪只能装六颗子弹，而不是八颗。我可以肯定地告诉你们，这并不是一时冲动之下的激情犯罪！激情犯罪即使不能宽恕，我们至少还可以理解。可事情并非如此，不，这是残忍冷血的复仇。想象一下，每人身中四弹！不是六枪，是八枪！这说明，他射光枪里的子弹之后，（停顿）又重新装弹，然后再次开枪！每人再补一枪，（停顿）正中头部。

（几位陪审员为之一抖）

> 地方检察官：我的话讲完了。在座各位都是正直的、敬畏上帝的基督徒。你们知道该怎么做。

画面淡出，出字幕。

7 内景，评审团评议室，日间，1946

镜头游移：沿着长长的桌子，从一个陪审员到另一个陪审员。这些敬畏上帝的基督徒正在享用法庭为他们提供的美味炸鸡晚餐，他们吧嗒着油乎乎的嘴大嚼玉米。

> 声音（画外音）：有罪。有罪。有罪。有罪……

首席陪审员坐在长桌一端，点数投票。

画面淡出，出字幕。

8 内景，法庭，日间，1946

安迪站在审判台前。主审法官俯视着他，墙上有一个画框，画中是蒙住双眼的自由女神。

  法官：你的冷血和不知悔改让我震惊，杜弗雷先生。看到你我就心寒。根据缅因州赋予我的权力，我判处你两个终身监禁——两个连续执行的终身监禁，分别为两位受害者赎罪。退庭。

法官敲响法槌。

屏幕全黑，出最后一组字幕。

9 铁栅门

门"哐啷"打开。一个大而空旷的房间。镜头推进。七个严肃的男人并排坐在长桌前。桌前有一把空椅子。现在：

内景，肖申克监狱聆讯室，日间，1947

瑞德走进房间，摘下帽子，站在椅子旁。

  男一：坐。

瑞德坐下，努力避免显出颓唐和消极的样子。椅子很不舒服。

  男二：看你的档案，你的终身监禁已经服满

二十年了。

男三：你觉得你改过自新了吗？

瑞德：是的，先生。绝对改过自新了。我已经吸取了教训。老实说，我现在完全是另一个人，我对社会毫无危险，上帝作证，这是真的，毫无疑问。

男人们直直地盯着他。其中一人强忍住呵欠。

特写：假释表格。

巨大橡皮印章盖下：红色的"驳回"。

10 外景，操场，肖申克监狱，黄昏，1947

高耸的石墙，墙上是层叠盘绕的铁丝网。每隔一段就有一座高高的守卫塔楼。操场内有一百多位囚犯，正是放风时间，有玩抛接球的、掷骰子的、闲聊的、做交易的。

瑞德走在渐渐灰暗的天色中，他戴着破旧的帽子，无精打采地穿过人群，不时地跟人打个招呼，或者做一点小生意。在这里，他是个重要人物。

瑞德（独白）：我想，美国每座监狱都会有一个我这样的犯人。我就是那个有求必应的家伙，香烟、大麻——如果你好这口，我甚至可以弄到白兰地来庆祝你孩子的毕业典礼。只要合理，什么都行。

他把一包烟偷偷塞给一个犯人，动作娴熟麻利。

瑞德（独白）：是的，我就是一家十足的沃尔玛公司。

主塔传来两声短促的警报声,众人转头凝视,大门打开,一辆灰色的囚车出现在视野之中。

  瑞德(独白):所以1949年安迪·杜弗雷找我帮他弄一张丽塔·海华斯的海报时,我说没问题。事实上那也真不是个问题。

  某犯人:菜鸟!今天有菜鸟报到!

海伍德、斯基特、弗洛伊德、吉格、厄尔尼、斯诺兹等人围到瑞德身边,更多犯人涌向栅栏入口处围观,七嘴八舌地评论着。瑞德和他的朋友们爬上露天看台,舒舒服服地站着。

11 内景,囚车内,黄昏,1947

安迪坐在后排,戴着手铐脚镣。

  瑞德(独白):安迪在1947年初来到肖申克,罪名是杀了老婆和那个跟他老婆有一腿的家伙。

囚车颠簸着,隆隆地开进大门。安迪扫视四周,只见到高高的监狱围墙。

  瑞德(独白):入狱前,他是波特兰大银行的副总裁。这对一个年轻人来说实属不易,要知道,当时的银行是那么保守。

12 外景,肖申克监狱,黄昏,1947

  哨塔守卫:解除警报!

守卫端着卡宾枪靠近囚车。车门"哐啷"打开,拴作一串的新犯人鱼贯下车,表情阴郁,对四周视而不见。安迪趔趄了一下,差点把前面的人拖倒。

守卫队长拜伦·哈德利挥起警棍狠砸安迪的后背,安迪双膝跪地,痛苦地喘着气,众人哄笑。

哈德利:滚起来!否则我他妈让你永远走不了路!

13 露天看台

瑞德:伙计们,他们来了。真人幸运手链!

海伍德:从来没见过这么多窝囊废。

吉格:那是因为你太漂亮了,海伍德。

弗洛伊德:要不要赌一把,瑞德?

瑞德(拿出记事本和铅笔):少废话,赌烟还是钱,你们选。

弗洛伊德:我赌烟。帮我押两支。

瑞德:好大的赌注,你押哪个?

弗洛伊德:那个瘦鬼,从前面数第三个。他肯定是第一个中标的。

海伍德:狗屎,我也赌一个。

厄尔尼:算我一个。

几只手举了起来。瑞德记下名字。

海伍德:小子,你输定了。不信等着瞧。

弗洛伊德:就你聪明,那你选一个。

海伍德：我选那个大屁股家伙……等我看看……就是从前面数第五个。帮我押上四分之一包烟。

瑞德：大屁股。五支。还有下注的吗？

更多的手举起来。锁链下的安迪和其他囚犯像婴儿一样蹒跚向前，在嘲笑和叫嚷声中瑟缩着。老囚犯们摇晃着栅栏，想把新来的吓出尿来，也有新犯人回嘴，但大部分人都很害怕，特别是安迪。

瑞德（独白）：我必须承认，第一次见到安迪的时候我并没觉得他有什么了不起。在外面他也许是个人物，但到了这里，他只不过是一坨屎。来阵风就能把他吹翻，这就是我对他的第一印象。

斯基特：你怎么说，瑞德？

瑞德：我选最后那个家伙。毫无疑问。我赌半包。还有人下注吗？

斯诺兹：赌得够大的。

瑞德：快点，孩子们，谁想跟我对赌？

（几只手举了起来）

瑞德：弗洛伊德、斯基特、乔、海伍德。四条好汉，每人十支。好，先生们，买定离手。

瑞德把记事本揣进口袋。监狱的喇叭里传来声音：

声音（扬声器）：全体回房，晚点名。

14　内景，登记处，黄昏，1947

新犯人鱼贯而入。守卫解开镣铐。锁链落地,在石地板上叮当作响。

哈德利:立正!向前——看!

典狱长塞缪尔·诺顿缓步上前,这是一个套在灰西装里的面无表情的人,胸口别着一枚教堂徽章。他看起来极为冷血,冷冷地盯着新来的犯人。

诺顿:这位是哈德利先生,警卫队长。我是典狱长诺顿。你们都是罪犯和人渣,这就是你们在这儿的原因。规则一,不得亵渎神灵。我的监狱禁止滥用上帝之名。其他的规定你们慢慢就会知道。还有什么问题吗?

某犯人:什么时候开饭?

诺顿使了个眼神,哈德利大步上前,对着那名囚犯厉声呵斥:

哈德利:叫你吃的时候才能吃!叫你尿的时候才能尿!叫你屙的时候才能屙!叫你睡的时候才能睡!操你妈的王八蛋!

哈德利拿起警棍狠狠地戳在囚犯的肚子上,男人跪倒,喘着气努力想站起来。哈德利走回诺顿身边。

诺顿(温柔地):还有问题吗?

(没有问题)

诺顿:我相信两样东西。一是惩罚,二是《圣经》。在这里,你两样都会有。

(他拿起一本《圣经》)

诺顿：你们的信仰归上帝，你们的贱命归我。欢迎来到肖申克。

哈德利：脱衣服！麻利点！

囚犯迅速脱下衣服，赤身裸体地站在那里。

哈德利：最前面那个，去洗澡！

哈德利把第一个犯人推进铁笼。两名守卫旋动消防阀门。那名犯人被水柱冲至笼边，水花四溅，犯人尖声惊叫。很快，水停了，犯人被拖了出来。

哈德利：给那王八蛋洒除虱粉！下一个！

一大瓢白色除虱粉洒在犯人身上。他连咳带喘，使劲地眨巴着眼睛，药粉簌簌飘落，有人把他推进保管员面前的笼子。保管员从缝隙中递给他一套囚衣和一本《圣经》。很快每个人都经过了这么一轮——喷水、洒药、领囚衣和《圣经》。

15 内景，医务室，夜晚，1947

一名赤裸的囚犯走到医生面前接受了简单的体检，小手电在他的眼睛、耳朵、鼻子和喉咙处各闪了几下。

医生：弯腰。

囚犯弯下腰。一名守卫咬着小手电筒检查他的脸颊和肛门，然后点点头。接下来是安迪。一切同上。

16 内景，监狱礼拜堂，夜晚，1947

镜头扫过全身赤裸、在椅子上瑟瑟发抖的囚犯们，他们放在腿上的囚衣,和摊开的《圣经》。

> 牧师(画外音):……他使我躺卧在青草地上,领我到安静的水边,他使我的灵魂苏醒……

17 内景,第五监区,夜晚,1947

这是两栋彼此相望的三层钢筋混凝土建筑,灰暗而压抑。安迪和犯人们一丝不挂地走进监区,手上捧着囚衣和《圣经》。老囚犯们大声地嘲笑着。新囚犯们被逐一带进他们的监室,大门"哐啷"关上。

> 瑞德(独白):毫无疑问,第一夜最难熬。你全身赤裸,就像刚出生的婴儿,还要听《圣经》,那些狗屁除虱粉烧得浑身疼痛,眼睛都快被弄瞎了。

瑞德站在他的牢房中看着这一切,他扶着门闩,手上拿着一支烟。

> 瑞德(独白):……当你走进牢房,铁门"哐啷"关上,你才意识到原来一切都是真的。过往的日子瞬间消逝……漫长而冰冷的牢狱生涯从此开始……你一无所有,除了一生一世的悔恨。

瑞德听着下面的响动,看着安迪和另外几个人被带到二楼。

> 瑞德(独白):大部分新犯人都会在第一个夜晚崩溃,常常有人彻夜嚎哭。唯一的问题是,谁会是第一个?

安迪被带进二楼尽头的那间牢房。

> 瑞德(独白):这可能是世界上最好的赌博项目,我在安迪·杜弗雷身上下了重注……

18 内景，安迪的牢房，夜晚，1947

> 铁门"砰"地关上。安迪手拿囚衣孤独地坐着，他环顾四周，然后缓缓地穿上囚衣……

19 外景，肖申克监狱，夜晚，1947

> 邪恶的巨石矗立在缅因州的夜色中。哀伤的月亮悬挂中天。火车驶过，雪亮的车灯照彻夜空。

20 内景，瑞德的牢房，夜晚，1947

> 瑞德躺在床上，一次次把棒球扔向天花板再接住。然后他停了下来，听着楼下渐渐走近的脚步声。

21 内景，第五监区，夜晚，1947

> 低角度镜头。一位守卫散漫地走进镜头里。

>> 守卫：熄灯！晚安，娘们儿。

> 灯光渐次熄灭。守卫的脚步声渐渐远去。一片黑暗。众人静默无言。镜头上拉至三层瑞德的牢房。

>> 瑞德（独白）：我还记得我在监狱的第一夜，那似乎已经是无比遥远的往事。

> 瑞德在黑暗中渐渐显现，他斜靠着铁门，侧耳等待着。下面某处传来微弱却惊悚的笑声，在整个监区回荡。

>> 各种声音（画外音）：菜鸟菜鸟小菜鸟……你会喜欢这里的，小菜鸟。你肯定会特别特别特别喜欢……你会希望你的爸爸从

来没干过你妈……记住了吗，小菜鸟？一会儿要考试哦。（有人大笑）嘘——小声点，那些王八蛋会听到的……菜鸟菜鸟小菜鸟……

瑞德（独白）：这些家伙总是捉弄那些初次入狱的新人，直到把他们弄哭。

黑暗中，那些恐怖阴森的声音久久不散……

22 | 25 内景，各牢房，夜晚，1947

……新犯人渐渐趋于崩溃。一个像笼子里的野兽一样焦躁地走来走去……另外一个坐在那儿把自己咬得鲜血直流……第三个在无声地抽泣……第四个趴在马桶边干呕……

26 内景，瑞德的牢房，夜晚，1947

瑞德抽着烟，在铁门前侧耳静听。他探头俯视安迪的牢房。什么也没有，寂静无声。

海伍德（画外音）：胖屁股……嘿，胖——屁股，说两句呗，小子。我知道你在那儿。我听到你喘气了。听听那些傻逼都在说什么，听见了吗？

27 内景，胖屁股的牢房，夜晚，1947

胖屁股泪流满面，尽量克制着不哭出声来。

海伍德（画外音）：其实这地方不算太差劲，我会把你介绍给所有人，让你感觉像在家里一样。那些牛高马大的基佬肯定会喜欢你……特别是你那又白又大又软的肥屁股……

胖屁股"嗷"的一声大哭起来:

  胖屁股:噢,我的天哪!我不该在这儿!我要回家!

28 内景,海伍德的牢房,夜晚,1947

  海伍德:胖屁股险胜!

29 内景,监区,夜晚,1947

一片嘈杂之声。胖屁股猛摇铁门,大声喊叫。整个监区开始同声喊叫:

  人声:菜鸟……菜鸟……小菜鸟……

  胖屁股:我要回家!我要找我妈!

  人声(画外音):我干过你妈!她不怎么样!

灯光大亮,哈德利带着守卫冲进监区。

  哈德利:你们这帮他妈的基督圣婴们瞎叫唤什么?

  人声(画外音):他滥用上帝之名!我要报告典狱长!

  哈德利(对着镜头外的犯人):小心我把警棍捅进你的屁股!

哈德利走近胖屁股的牢房,对着铁门怒吼:

  哈德利:你个杂种发什么神经?

  胖屁股:求求你!弄错了!我不应该在这儿!不是我!

  哈德利:我不会数到三!连一都不数!赶紧闭上你的臭嘴,别他妈逼我给你唱摇篮曲!

胖屁股继续号叫。他完全吓傻了。哈德利拔出警棍，示意手下开门。

一名守卫打开门。哈德利把胖屁股拖出来，开始拿警棍打他，警棍像雨点一样落在胖屁股身上，他昏死过去。哈德利又补了几棍才停下来。

> 哈德利：把这死胖子送去医务室。（巡视四周）如果今晚我再听到耗子放屁那么大点的声音，我发誓会把你们全部打到住院。你们这些王八蛋！

守卫费力地把胖屁股移上担架抬了出去。脚步声慢慢消失。灯光熄灭。黑暗重临，寂静无声。

30 内景，瑞德的牢房，夜晚，1947

瑞德隔着铁栅俯视地面，看着胖屁股倒地之处的一片血迹。

> 瑞德（独白）：安迪·杜弗雷入狱的第一晚就害我输了两包烟。他自始至终没发出半点声音。

31 内景，第五监区，早晨，1947

警报声响起。中控门锁"哐啷"打开。犯人们走出牢房，在楼道中列队站好。守卫大声报告人数，分队长记在笔记板上。瑞德打量着安迪，安迪安静地站在队列里，衣服整齐，头发一丝不乱。

32 内景，食堂，早晨，1947

安迪排队取早餐，餐盘里是一勺米糊。镜头跟随安迪穿过一片嘈杂与混乱……博格斯·戴蒙德和鲁斯特·麦克布莱德看着安迪走过。博格斯淫邪地盯着安迪对鲁斯特说了些什么。鲁斯特大笑。

安迪走到瑞德一伙所在的餐桌,挑了一个最靠边的位子。他完全不在意周围人的眼光,拿起勺子——突然停下来,米糊里有东西,他小心地把它捏了出来。

一条正在蠕动的蛆。安迪一脸苦恼,不知道该怎么处理。旁边是65岁的布鲁克斯·哈特伦,他是这里的老住户之一。

　　布鲁克斯:你想吃了它吗?

　　安迪:没这个打算。

　　布鲁克斯:可以给我吗?

安迪把蛆递给布鲁克斯。布鲁克斯拿在手里研究了半天,就像在看一支上好的香烟。安迪忧心忡忡地看着。

　　布鲁克斯:嗯。又肥又嫩。

安迪不敢再看下去。布鲁克斯掀开外衣,一只小乌鸦正偎依在外衣的内袋里,他把那条蛆喂给小乌鸦。安迪放心地长出了一口气。

　　布鲁克斯:杰克说谢谢你。它从巢里掉了出来,我要把它照看到能自己飞。

安迪点点头,小心翼翼地继续吃他的饭。这时海伍德走了过来。

　　吉格:哦,老天,他来了。

　　海伍德:早上好,孩子们。真是个美好的早上。你们知道为什么?

海伍德把盘子重重地放在桌上,坐了下来。其他人开始掏烟给他。

海伍德：这就对啦，快把烟给我。我现在就想把这些烟一字排开，排成一个漂亮的合唱团。

香烟的队列排得极其壮观。海伍德俯下身，迷醉地闻着烟的香味。

弗洛伊德：闻个屁……

海伍德：哎，瑞德。你可真丢人，选了一匹那么不中用的马。他妈的，我可真喜欢我的那匹。下次见到那小子，我非要好好亲亲他不可。

瑞德：贱人，你还不如给他一些烟。

海伍德：嘿，泰瑞，这周是不是你在医务室值班？我的那匹冠军马怎么样了？

泰瑞：死了。（众人瞬间安静下来）哈德利打烂了他的脑袋。医生也回家了。可怜的家伙躺在那儿直到今天早上。到我们去的时候……

泰瑞摇摇头，转过身去吃东西。众人越发沉默。海伍德环顾四周。犯人们继续进餐。

安迪（轻声）：他叫什么？

海伍德：什么？你说什么？

安迪：我想问有没有人知道他的名字。

海伍德：你他妈的关心这个干什么，你新来的？（继续吃饭）知道他的名字有什么屁意义，死都死了。

33 内景，监狱洗衣房，日间，1947

洗衣机和熨烫机震耳欲聋地响着。安迪在洗衣房的流水线上。这工作如同梦魇。他初来乍到，一切都难以适应。工头鲍伯拿手肘把他推开，向他示范应该怎么做。

34 内景，淋浴室，日间，1947

安迪和十几个人一起淋浴。在这里可没什么斯文可言。好在还有热水，可以让酸疼的骨肉舒服一点儿。

博格斯从蒸腾的热气中走出来，微笑着打量安迪。鲁斯特和皮特站在他身边。他们就是肖申克监狱著名的"三姐妹"。

　　博格斯：你可真是个小甜妞。有人搞过你吗？

安迪试图离开，三姐妹围着他推来搡去，嘻嘻哈哈地摸他碰他，就像野兽逗弄它们的猎物。

　　博格斯：不好泡。我喜欢。

安迪窘迫地闪躲，终于成功逃走，三姐妹在他身后哈哈大笑。

35 内景，安迪的牢房，夜晚，1947

安迪躺在床上，在黑暗中久久难以入睡。

36 外景，操场，日间，1947

放风时间。瑞德和海伍德、吉格一起玩抛接球，他懒洋洋地玩着球，看到安迪走过来他点头示意。安迪以为这是在叫他，慢慢走到瑞德身边。海伍德和吉格停下来看着他们。

安迪（伸出手）：嗨，我是安迪·杜弗雷。

瑞德对安迪伸出的手无动于衷，继续玩球。

　　瑞德：杀了老婆的银行家。

　　安迪：你怎么知道？

　　瑞德：我消息灵通。你为什么要杀老婆？

　　安迪：既然你问了，我就告诉你，我没杀人。

　　瑞德：嘿，你学得倒挺快。（不再看安迪）这里每个人都是无辜的，你不知道吗？海伍德！你犯了什么事儿进来的？

　　海伍德：我没做！我被律师坑了！

瑞德看看安迪：看到了？

　　安迪：你还听说了什么？

　　瑞德：我听说你是个冷血怪物。我听说你觉得自己放屁都是香的。有这回事吗？

　　安迪：你觉得呢？

　　瑞德：我还没怎么觉得呢。

海伍德拍了一下吉格：看我的。他用力把球扔向安迪的脑袋。安迪见球飞来，回身一把抓住，接着奋力把球掷回海伍德手中。海伍德扔下球，一脸苦相，紧握着被球打痛的手。

　　安迪：我听说你能搞到东西。

瑞德：我总是知道能从哪儿搞到东西。这些东西像是自动落入我的手中。也许因为我是个爱尔兰人吧。

安迪：你能不能帮我弄个石锤？

瑞德：那是什么东西？你要它干什么？

安迪：你的生意还包括询问客户动机吗？

瑞德：如果你要的是个牙刷，我就不会问。开个价就行了。牙刷可不是什么致命武器。

安迪：也对。我要的石锤大约八到九英寸长，像一把微型的锄头，一端是个小尖嘴，另一端是个钝头。用来雕石头的。

瑞德：石头。

安迪蹲下，示意瑞德也蹲下。他抓起一把土，让土从指缝中洒落，然后他找到了一块鹅卵石，把它擦干净。鹅卵石闪着牛奶般的光芒。他把石头抛给瑞德。

瑞德：石英？

安迪：没错，是石英。看，还有云母、页岩、花岗石。这种东西叫分级石灰石，从他们刚开始开山建造这监狱时就有了。

瑞德：还有呢？

安迪：我是个岩石迷。至少以前是。我想在这有限的条件下重拾我的爱好。

瑞德：这样啊，那你就可以用你的玩具敲碎某人的头骨了？

安迪：我在这儿没有敌人。

瑞德：没有？走着瞧。

瑞德望向安迪身后。博格斯正在那里看着他们。

瑞德：消息已经传开了。三姐妹很喜欢你，尤其是博格斯。

安迪：跟我说说吧。如果我告诉他们我不是同性恋，有用吗？

瑞德：他们也不是。同性恋还算是个人。他们连人都算不上。（他避开安迪的视线）那些野蛮的鸡奸犯会使用暴力，他们只要这个，他们也懂这个。如果我是你，我脑后可得多长双眼睛。

安迪：谢谢忠告。

瑞德：这个免费。你知道我担心什么。

安迪：如果真有麻烦，石锤派不上半点用场。

瑞德：我怀疑你是想用它越狱，在墙下面挖条隧道？

（安迪微微一笑）

瑞德：是我没听懂你的笑话吧，这有什么好笑？

安迪：你看到石锤就知道了。

瑞德：这玩意儿通常用来干什么？

安迪：任何一家卖石头的店铺都能找到，一般卖七美元。

瑞德：我的规矩是加百分之二十，但你要的是特殊物品。风险大，价格就要涨，十美元。

安迪：好，就十美元。

瑞德：那我想办法吧。（起身，拍拍灰尘）不过你这纯粹是浪费钱。

安迪：哦？

瑞德：这个监狱喜欢搞突击检查。别的东西他们可以假装没看见，你那玩意儿肯定不行。他们一发现就会没收。你要是把我供出来，咱们的交易就永远停止。以后我连一条鞋带、一块口香糖也不会卖给你。

安迪：明白，谢谢你。还没请教……？

瑞德：瑞德。我叫瑞德。

安迪：瑞德。我是安迪。很高兴和你做生意。

两人握手。安迪慢慢走开。瑞德目送他远去。

瑞德（独白）：我现在知道那些家伙为什么觉得他是个异类了。他性格沉静，言行举止与众不同，跟别的人大不一样。他踱着方步，就像走在公园里，没有半点心事。他好像穿了隐身衣，可以让自己与这个地方完全隔绝。（继续玩球）是的，说实话，我从一开始就很喜欢安迪。

37 内景，食堂，日间，1947

瑞德端着早餐走向饭桌，安迪紧跟其后，塞给他一张叠得方方正正的纸。

38 内景,瑞德的牢房,夜晚,1947

瑞德躺在铁架床上打开那张纸,是一张十美元的钞票。

  瑞德(独白):他适应得很快。

39 外景,卸货处,日间,1947

在守卫的监视下,犯人们把一包包脏衣服从送货车下卸下,车上印有"艾略特护理中心"字样。

  瑞德(独白):多年以后,我才发现他要的那个东西的价值远远不止十美元……

车上掉下一包东西。货车司机对黑犯人莱昂纳多使了个眼色,然后慢步走到守卫面前闲聊。

莱昂纳多把那包东西放进推车……

40 内景,监狱洗衣房,日间,1947

犯人们把一包包脏衣服卸到这里。莱昂纳多也在其中。

  瑞德(独白):当你住进这家"酒店","服务员"会把你全身上下搜个遍,确保你不会夹带任何东西。不过世上无难事,只怕有心人。

莱昂纳多偷偷地从脏衣袋里拿出一个小纸包藏进围裙里,然后继续分拣衣物……

41 内景,监狱洗衣房换领处,日间,1947

瑞德放下手里的脏衣袋,排队去领干净床单。

  瑞德(独白):就这样,安迪用夹带进来的五百多美元加入了我们这个欢乐和谐的肖申克小家庭。了不起的决心。

莱昂纳多对瑞德使了个眼色,转身拿起一摞特别的干净床单交给瑞德——

  ——长镜头

  ——继续交接干净衣物。瑞德把两包烟塞给莱昂纳多。

42 内景,瑞德的牢房,日间,1947

瑞德从床单里摸出一个包裹,确定旁边没人,然后撕开包裹,拿出石锤。这东西跟安迪说的一样。他微笑起来。

  瑞德(独白):安迪说得对。我终于明白他的笑话了,如果用这把石锤挖墙,恐怕得挖上六百年。

43 内景,第五监区,夜晚,1947

布鲁克斯·哈特伦推着一车书走过一间间牢房。这是肖申克的流动图书馆。他注意到瑞德正在等他。后者把用毛巾裹着的石锤穿过铁栅放到车上。然后是六支香烟,这是邮资。

  瑞德:杜弗雷。

布鲁克斯点点头,动作恒定如常。他推着车走到安迪的牢房前,隔着铁栅低语:

  布鲁克斯:中间那层,毛巾裹着的。

安迪灵巧地取走东西。然后又伸出手,把一张折好的纸条和更多的香烟放回原处。布鲁克斯推车返回。停在瑞德的牢房前整理他的书,好让瑞德把纸条拿走。然后布鲁克斯继续推车前行,拿起车上的香烟放进口袋。

44　内景,瑞德的牢房,夜晚,1947

瑞德打开纸条。纸上用铅笔工工整整地写着:谢谢。

45　内景,监狱洗衣房,日间,1947

洗衣机的声音震耳欲聋。安迪正在工作,他越来越熟练了。

　　鲍伯:杜弗雷,洗衣粉不够了!去后面拿!

安迪点点头离开岗位,他走过洗衣房,来到——

46　内景,里屋／储物间,日间,1947

——黑暗杂乱的屋子和走廊,锅炉、熔炉、油池泵、旧洗衣机,一堆堆清洁用品和消毒剂,以及许多叫不上名字的东西。安迪从货架上拿下一桶海斯莱特洗衣粉,一转身——

——博格斯·戴蒙德站在走廊上,挡住他的去路。鲁斯特从黑暗中走出,站在博格斯的右边,皮特·威尼斯在他左边。安迪无比惊慌。他扔下那桶洗衣粉,撕开包装,两手各抓了一大把。

　　安迪:这东西要是进了眼睛,你就会变成瞎子。

　　博格斯:亲爱的,嘘——

安迪后退,跟他们保持距离,他试图冲出这杂乱的屋子,三姐妹不断逼近，小心戒备着，盯着他的每个举动，准备合围。安迪被一只旧涂料桶绊倒，三姐妹趁机冲上来，围着他拳打脚踢。

安迪的双脚被抓住。博格斯从后面勒着他的脖子。三姐妹拖着他走过房间，把他按倒在一台旧机器上，强迫他弯下腰，鲁斯特往他嘴里塞了一块破布，用铁丝绑定，就像给他戴了马嚼子。安迪拼命挣扎，却被鲁斯特和皮特死死压住。博格斯凑过来对安迪耳语：

博格斯：好极了，使劲挣扎吧。你越挣扎我就越喜欢。

安迪大叫，破布堵住了他的嘴。长焦镜头，视野渐宽。巨大的洗衣机挡住我们的视线。现在只能看到安迪叫喊扭曲的脸和那些压在他身上的男人……

……镜头从屋子里移开，把黑暗和肮脏留在身后……镜头上移，经过空空的走廊、一堵堵高墙、各种钢铁管线……

瑞德（独白）：我很希望能告诉你们安迪打了漂亮的一仗，然后三姐妹放过了他。我希望故事会是这样，但监狱毕竟不是童话世界。

镜头从守卫身边移入监狱洗衣房。流水线的全角镜头。巨大的钢铁"绞肉机"以无情的节奏轰响着，声音震耳欲聋。

瑞德（独白）：他从没说过是谁干的……不过我们都知道。

监狱蒙太奇（1947—1949）

安迪终日劳作。工作。吃饭。熄灯后就开始雕琢他的石头……

瑞德（独白）：日子就这样一天天过去。牢狱生活就是一系列固定不变的程式。适应之后，还有更多的程式。

47　安迪鼻青脸肿地走在院子里。

　　瑞德（独白）：每过一段时间，安迪身上就会出现新的伤痕。

48　安迪在吃早餐。博格斯隔着几张桌子对他做了个飞吻。

　　瑞德（独白）：三姐妹持续骚扰他。有时他能打赢……有时不能。

49　在某个肮脏的角落，安迪退至墙角，对他的敌人疯狂地挥舞铁耙。

　　瑞德（独白）：在我的印象中，他从来没有停止反抗。因为他知道，只要放弃一次，就会永远放弃。

50　铁耙打中了某个人的脑袋。木柄折断。他们往死里打他。

　　瑞德（独白）：有一半时间，他在住院……

51　**内景，禁闭室（"洞"），夜晚，1949**

石室。没有床、没有洗脸池、没有灯。只有一个蹲式马桶。安迪坐在水泥地上，从铁门上的一道小缝中透进一线光，照着他满是伤痕的脸庞。

　　瑞德（独白）：另一半的时间他在关禁闭。这就是诺顿监狱长说的管吃管肩的假期。有面包，有水，以及私人空间。

52　**内景，监狱洗衣房，日间，1949**

安迪在流水线上忙碌。

　　瑞德（独白）：这就是安迪的生活。他在牢狱中的程式。我坚信最初两年是他最艰难的日子。我还相信，如果情况没有变化，他最终还是会被打垮。然后就是1949年春天，狱方决定……

53　外景，监狱后院，日间，1949

典狱长诺顿通过高音喇叭向集合起来的犯人训话：

　　诺顿：……汽车牌照车间的屋顶需要维修。我需要十二个志愿者工作一周。写下你们的名字放进这个铁桶里……

瑞德看着他的朋友们。安迪也在看着他。

　　瑞德（独白）：那是户外工作，五月可是户外工作的绝佳时节。

54　外景，监狱后院，日间，1949

犯人们鱼贯走过，纷纷把字条扔进铁桶。

　　瑞德（独白）：有一百多人报名。

瑞德慢慢走到守卫蒂姆·扬布拉德跟前，在他耳边轻声低语。

55　外景，监狱后院，日间，1949

扬布拉德宣读被选中的名字。瑞德对安迪他们咧嘴一笑。

　　瑞德（独白）：你们肯定已经猜到了，我和我的朋友们全部中签。

56　内景，监狱走廊，夜晚，1949

瑞德偷偷塞给扬布拉德六包香烟。

　　瑞德（独白）：代价是每人一包烟，当然，我要收20%的佣金。

57 外景，牌照车间，日间，1949

沥青锅翻滚蒸腾。两名犯人舀满一桶沥青，在提手上系上绳子。绳子系紧。镜头跟随那桶沥青沿大楼上移——

58 屋顶上

——屋顶工作场地全景。犯人们用大刷子往屋顶上刷着沥青。镜头转向拜伦·哈德利，他正跟他的同事们发牢骚：

哈德利：……那个该死的律师从得克萨斯打电话问我，你是拜伦·哈德利吗？我说是。他说，很抱歉地通知你，你的弟弟死了。

扬布拉德：唉，他妈的，拜伦。听到这个真难过。

哈德利：我可不难过。我这弟弟是个王八蛋，失踪了很多年，一点消息都没有。我们都以为他死了。那个该死的律师告诉我，你弟弟留下了一大笔钱。还有油井什么的，大约一百万美元。老天，真不敢相信，一个王八蛋怎么会有那么多钱！

特洛特：一百万？我的天！你能分多少？

哈德利：三万五。这就是他留给我的遗产。

特洛特：美元？哦，狗日的，太棒了！简直是中了大奖……（哈德利瞪着他，特洛特不敢直视）……难道我说错了吗？

哈德利：蠢货。你以为政府是干什么吃的？他们会抢走一大部分。

特洛特：哦。我没想到这个。

哈德利：剩的钱大概只够买辆车。买车也得交税。还得维修保养。

小家伙还要缠着你带他们兜风……

米尔特：如果孩子年龄够大，他们还想自己开。

哈德利：没错，不仅想开，还想拿来练手，妈的。到年底，如果把税报错了，还要罚上一大笔。山姆大叔[4]把手伸进你的口袋，不把你榨干绝不罢休。这国家就是这么不公平。就是这么不公平。（他扭头吐口水）什么兄弟，呸！

犯人们全神贯注地刷着沥青。

海伍德：可怜的拜伦。这是什么他妈的鬼运气，想想吧，继承三万五千美元的遗产。

瑞德：真他妈可耻。那些家伙真是坏透了。

瑞德抬头四顾——他震惊地发现安迪站了起来，正在那里听守卫们谈话。

瑞德：嘿，你疯了？快干活！

安迪扔下刷子，不慌不忙地走向哈德利。

瑞德：安迪！回来！哦，他妈的！

斯诺兹：他在干什么？

弗洛伊德：我看他是不想活了。

瑞德：完了完了……

---

4 美国政府的绰号。——译者注

海伍德：快干活……

见安迪走近，守卫们立刻紧张起来。扬布拉德伸手摸枪，塔楼守卫"咔嚓"拉动枪栓。哈德利转过身，震惊地发现安迪就站在他的身后。

　　安迪：哈德利先生。你相信你太太吗？

　　哈德利：你可真他妈好笑。等我打落你的满嘴牙再让你舔我的老二会更他妈好笑。

　　安迪：我是说，她会不会背叛你？

　　哈德利：够了！米尔特，走开！这狗杂种马上就要死于意外了。

哈德利抓住安迪的衣领，粗暴地将他推到屋顶边缘。犯人们拼命刷着沥青。

　　海伍德：天哪，他要下手了，他肯定会把他推下去……

　　斯诺兹：哦，天哪，哦，完了，哦，上帝……

　　安迪：如果她值得相信，你就可以保住你的每一分钱。

哈德利一个急停，就在屋顶边上。事实上，安迪的身体已经斜出房檐，只剩一点鞋尖还踩在屋顶边上。哈德利揪着安迪的衣领，他的手是安迪唯一的支撑。

　　哈德利：你最好给我说清楚。

　　安迪：如果你想得到那笔钱，我是说所有的钱，那就把它赠给你的太太。国税局规定，一次性赠与配偶的礼物可以免税。上限是六万美元。

哈德利：什么？免税？不可能！

安迪：免税。国税一分都拿不走。

犯人们全都停手，听得目瞪口呆。

哈德利：你就是那个精明的杀妻银行家，我为什么要相信你这种人？就为了落到和你一样的下场？

安迪：我说的完全合法。不信你可以去问国税局，他们肯定也这么说。其实我感觉自己这么跑来告诉你这件事很蠢，你一定已经知道了。

哈德利：去你妈的。我不需要一个杀了老婆的银行家来告诉我这么简单的知识。

安迪：你当然不需要。但你需要有人帮你设定可以免税的礼物，这可要花上一笔，比方说，你要请个律师……

哈德利：律师都是他妈的混蛋！

安迪：……考虑一下吧，我可以帮你处理。为你省些钱。我可以列下所需的表格，你去领回来，我填好后你签个名就可以了……几乎完全免费。（避开哈德利的眼神）如果你觉得划算，我想为我的工友每人要三瓶啤酒。

特洛特：（大笑）工友！瞧瞧他！真够拽的，不是吗？工友……

哈德利冷冷地看着他。安迪继续说：

安迪：在户外干活如果能喝上一瓶啤酒，那感觉才像那么回事。

当然这只是我的看法。

犯人们瞠目结舌地站在那里，再也无法假装干活了。就像被钉在了地上。哈德利瞪了他们一眼。

哈德利：看什么看？干活去，你妈的！

59 外景，牌照车间，日间，1949

像往常一样，又有东西被吊上楼顶——不过这次是一桶冰块和啤酒。

瑞德（独白）：就这样，在工期结束的前一天，在1949年春天，那群在屋顶刷沥青的犯人……

60 外景，屋顶，稍后，1949

犯人们在阳光下喝着啤酒。

瑞德（独白）：……上午十点，我们兴高采烈地坐成一排，喝着冰凉的黑牌啤酒，请客的是肖申克监狱有史以来最狠毒的守卫。

哈德利：全部喝光，你们这帮家伙。趁着还凉。

瑞德（独白）：这残忍的混蛋甚至还表现出了一点善良。

瑞德仰头再喝一口，用舌头咂摸着清凉的苦啤酒的味道，温暖的阳光洒在他的脸上。

瑞德（独白）：我们坐在那里，喝着啤酒，阳光照在肩上，感觉就像个自由人。仿佛在修理自己的房子。仿佛成了仙。

他看到安迪独自蹲在一边。

　　瑞德（独白）：在整个过程中，安迪一直蹲在阴凉的地方，看着我们喝他的啤酒，脸上带着奇怪的笑容。

　　海伍德（拿着一瓶啤酒走到他身边）：这瓶冰得正好，安迪。

　　安迪：不了，谢谢你。我戒酒了。

海伍德缓步走回，对众人做了个无奈的表情。

　　瑞德（独白）：你可以说他是为了讨好那些守卫，或者是想和我们交朋友。可我觉得，他这么做只是想找回正常人的感觉……哪怕只有短短的一瞬间。

61　外景，监狱后院，露天看台，日间，1949

安迪和瑞德玩西洋跳棋。瑞德走了一步。

　　瑞德：将军。

　　安迪：象棋才是真正的王者游戏。更文明……更讲究策略……

　　瑞德：……那玩意儿完全是他妈的莫名其妙。我恨那个游戏。

　　安迪：或许有一天我可以教你。我一直想弄个棋盘。

　　瑞德：那你找对人了。我就是那个能搞到东西的人。

　　安迪：棋盘可以买。但棋子我想自己刻。一方用石英，另一方用石灰石。

　　瑞德：那要花上好多年。

安迪：有的是时间。但缺的是石头。操场上捡的太小了。

瑞德：那把石锤用着怎么样？把你的名字刻到墙上了吗？

安迪（微笑）：还没有。我想我应该这么做。

瑞德：安迪，我猜我们可以算是朋友了，是吧？

安迪：我想是的。

瑞德：可以问个问题吗？你为什么要做那种事？

安迪：我是无辜的，记得吗？就像这里的每个人。

瑞德认为这是个温和的反驳，继续下棋。

安迪：你为什么会在这儿，瑞德？

瑞德：谋杀。和你一样。

安迪：无辜的？

瑞德：我是肖申克监狱唯一一个真正有罪的。

62 内景，安迪的牢房，夜晚，1949

熄灯后，安迪躺在床上，借月光打磨一块石英石。他停下来，看了看墙上刻的所有名字。他往上看，找到一处空白的地方，拿石锤把名字刻在墙上，为墙上的名单添加了新的记录。

63 雷·米兰德（电影明星）

银幕被夸张的（滋滋作响的）黑白颜色填满，雷·米兰德处于极其荒诞的场景之中。

64　内景，监狱礼堂，夜晚，1949

……有犯人对着银幕大喝倒彩，瑞德懒洋洋地坐在折叠凳上看着电影。安迪进来，放映机投出的光影照亮了他的后背。他走到瑞德旁边坐下。

　　瑞德：这部分最精彩。虫子从墙里爬到他的屁股上。

　　安迪：我知道。这个月已经看了三次了。

雷·米兰德开始尖叫。观众们跟着他一起歇斯底里地尖叫，安迪坐立不安。

　　安迪：能谈谈生意吗？

　　瑞德：当然。你想要什么？

　　安迪：丽塔·海华斯。你能弄得到她吗？

　　瑞德：没问题。要几周时间。

　　安迪：几周？

　　瑞德：抱歉，这会儿她可不在我的裤子里。放松点。你紧张什么？她只是个女人。

安迪尴尬地点点头，站起来匆匆离开。瑞德咧嘴一笑，转身继续看电影。

65　内景，礼堂走廊，夜晚，1949

安迪走出礼堂，突然定在那里。两个身影从黑暗中走出，正挡住他的去路。鲁斯特和皮特。安迪转身——跟博格斯撞了个满怀，被他紧紧抱住。三姐妹迅速把他制服。他们踢开一扇门，把安迪拖了进去——

66 放映室

——放映员是个老犯人，他透过厚厚的近视镜惊恐地看着他们。

博格斯：出去。

放映员：我要换带。

博格斯：我说滚你妈的蛋。

惊恐的老人夺门而出。皮特猛地关上门，锁上。博格斯把安迪推到屋子中央。

博格斯：你不叫了？

安迪叹气，把头仰靠在放映机上。

安迪：我叫他们也听不到，你们想干什么就快点吧。

安迪像是屈服了，他转过身，斜靠在倒带机上——把一整盘的三十五毫米胶片拿在手上。鲁斯特舔舔嘴唇挤到前面。

鲁斯特：我先来。

安迪：好。

安迪挥起那盘胶片在空中划了一道弧线，重重地砸在鲁斯特脸上，一下把他打到墙边。

  鲁斯特：操！他妈的！他打断了我的鼻子！

安迪拼命反抗，但很快就被打得跪到地上。博格斯走到安迪面前，掏出一个八英寸长的锥子，在安迪眼前晃了半天。

  博格斯：现在我要拉开裤子，我叫你吞什么你就给我吞什么。等我完事了，你再去吞鲁斯特的。你打断了他的鼻子，必须作出补偿。

  安迪：不管你把什么放到我的嘴里，我都会把它一口咬断。

  博格斯：你还没搞清楚状况。如果你敢那么做，我就把这八英寸长的锥子捅进你的耳朵。

  安迪：好。但你要知道，大脑瞬间受损会产生一个条件反射，让受害者紧咬牙关。（虚弱的微笑）而且，据我所知，这种咬合反射非常强烈，强烈到必须要用铁棍才能把牙齿橇开。

三姐妹沉吟半晌。卷带中的胶片放完了，只剩下轮子还在空转。银幕上一片空白。

  博格斯：你这个王八蛋。

安迪脸上挨了一脚。三姐妹开始拳打脚踢，用他们能拿到的任何东西往死里打他。礼堂里，囚犯们击掌喊叫，要求继续放电影。

  瑞德（独白）：博格斯没有把任何东西放进安迪的嘴里，他的朋友也没有。他们做的，就是把安迪全身上下每一寸都打得稀烂。

67 内景，医务室，日间，1949

安迪浑身缠着绷带躺在床上。

  瑞德（独白）：安迪在床上躺了一个月。

68 内景，禁闭室，日间，1949

  瑞德（独白）：博格斯在"洞"里待了一周。

博格斯坐在水泥地上。铁门拉开。

  守卫：时间到了，博格斯。

69 内景，第五监区，第三层，黄昏，1949

博格斯抽着烟走上楼。身边没几个犯人；这地方仿佛被遗弃了。广播中隐约传来一个声音：

  人声（画外音）：返回囚室，例行晚点名。

博格斯走进他的牢房。里面很黑。他摸索着找灯绳，拉了一下。灯光下出现哈德利队长的脸，离他只有几公分，显然是早就等在这里了。米尔特跟随博格斯进来，两人将他夹在中间。

博格斯还没来得及问"怎么回事"，哈德利就一棍捣在他的太阳穴上。博格斯疼得弯下腰，几乎喘不过气来。

70 底楼

厄尔尼推着一辆小铁车从拐角处慢慢地走来，车上满载供应品。

71 第二层

瑞德正在牢房里开着门补袜子，一阵奇怪的噼啪声传来，他停下手，皱眉静听：出什么事了？

72 第三层

哈德利和米尔特手持警棍一丝不苟地毒打博格斯，往死里踢他的要害部位。博格斯虚弱地抵抗着。

73 第二层

瑞德困惑地走出牢房，循着声音走过去。声音来自三楼。他斜靠在铁栏杆上，探头张望——

74 瑞德的视角

——博格斯从栏杆上直跌下来，两眼圆睁，大声尖叫。

75 瑞德（慢动作）

见博格斯跌落下来，瑞德向后急跳，差一点就被他撞到。博格斯挥舞着手臂想抓住铁栏杆，但没能抓住，一路尖叫着直摔下去——

76 底楼

——厄尔尼推车经过，博格斯重重地摔在他的车上，满车的洗涤剂、清洁剂四处喷溅，被撞扁的小车从博格斯身下急冲而出，在地板上滑出三十码，激起一串串火花。厄尔尼瞠目结舌地看着博格斯和脚下的满地碎片。

77 第二层

瑞德无比震惊。他探出身子往上看。哈德利和米尔特正斜靠在三楼的栏杆上。哈德利扶正帽子，摇了摇头。

米尔特：该死，拜伦。看看这个。

哈德利：蠢货难免要栽跟头。

一小滴血从哈德利的鞋上滑落，溅在瑞德仰起的脸上。瑞德擦掉血迹，俯视着博格斯。犯人和守卫蜂拥而来。

瑞德（独白）：有两件事再也没发生过。三姐妹再也没动过安迪一个指头……

78 外景，监狱后院/卸货处，日间，1949

博格斯坐在轮椅上，缠着绷带，戴着护颈箍，被抬上救护车送到别处。瑞德和他的朋友们站在铁栏里看着这一幕。

瑞德（独白）：……博格斯再也不能走路了。他们把他转到了北部一家守卫松懈的医院。据我所知，他的余生都要靠吸管进食。

瑞德：等安迪出院，我们应该好好地祝贺一下。

海伍德：好啊。我们还欠他一顿啤酒呢。

瑞德：他喜欢下棋。我们帮他弄点石头吧。

79 外景，野外，日间，1949

上百名犯人正在劳作，锄头上下翻飞。守卫在马上巡逻。海伍德挖出一块石头，迅速塞到裤袋。然后溜到瑞德身边拿给他看。

弗洛伊德：那不是石英。也不是石灰石。

海伍德：你算什么，他妈的地质学家？

斯诺兹：他说得对，那不是石英也不是石灰石。

海伍德：到底是什么？

瑞德：马粪。

海伍德：狗屎。

瑞德：不是狗屎，是马屎。已经石化了。

众人大笑着继续工作。海伍德瞪着那块石头，用手把它捏得粉碎。

瑞德（独白）：除了一些小差池，这些家伙干得都挺漂亮……

80 内景，监狱洗衣房，内室，日间，1949

一个大清洁盒里装满了各种石头，藏在锅炉后面。

瑞德（独白）：……到安迪出院的那周，我们已经存了足够的石头，足够让他快活一阵子了。

镜头转向瑞德，他把一个印有"洗衣房"字样的袋子"扑通"扔在地上。莱昂纳多和鲍伯也扔下几袋。瑞德从袋中拿出私货，并且付给他们酬劳。

瑞德（独白）：那周运来了不少东西。香烟、口香糖、鞋带、裸女扑克，还有你能叫出名字来的好多……（拿出一个硬纸筒）……当然，还有最重要的东西。

81 内景，第五监区，夜晚，1949

安迪从医务室一瘸一拐地走回。瑞德从牢房中看着他被带上去并锁进牢房。

82 **内景，安迪的牢房，夜晚，1949**

安迪在他的床上发现了那个硬纸筒。

  守卫（画外音）：熄灯！

灯灭了。安迪打开硬筒，抽出一张卷起的海报。他把它摊在地上。一张小纸片随之飘落。海报上是著名的丽塔·海华斯——她的一只手放在脑后，眯着眼睛，双唇微张，略带忧郁。安迪拿起纸片。上面写着："不需付费。欢迎回来。"安迪在黑暗中微笑。

83 **内景，第五监区，早晨，1949**

铃声响起，牢门"哐啷"打开。囚犯们走出牢房。安迪与瑞德对视一眼，点头致谢。人们下楼用餐，瑞德瞟了一眼安迪的房间——

84 **瑞德的视角——移动拍摄**

——他看见丽塔荣幸地挂在安迪的墙上。阳光透过铁栅，把冰冷的阴影打在她甜美的脸上。

85 **内景，第五监区，夜晚，1949**

厄尔尼正在拖地。回头看见典狱长诺顿带着十几个守卫走近监区。厄尔尼一边拖地，一边给最近的牢房通报消息：

  厄尔尼：机灵点。查房的来了。

消息迅速传开。犯人们手忙脚乱地整理牢房，到处藏掖。诺顿走进监区，示意守卫们开始检查。守卫两两散开，四处翻查。

守卫：你在这儿藏了什么见不得人的东西？

牢房一间间打开，犯人被赶到门外，家当乱扔，床垫掀开。所有的违禁物品都被扔到门外。大多数是些无害的东西。

一个守卫从床垫下拉出一把锋利的螺丝刀，冷冷地瞪了犯人一眼。

诺顿：禁闭。一周。别忘了让他带上《圣经》。

犯人：那么黑怎么看他妈的书？

诺顿：污言秽语，再加一周。

犯人被带走。诺顿抬头仰视。

诺顿：到二楼看看。

86 第二层

诺顿上到二楼，随意挑了一个牢房简单搜查。安迪正在床上读《圣经》，诺顿向他示意，铁门打开，诺顿带着手下走进去，安迪起身。

安迪：晚上好。

诺顿微微颔首。哈德利和特洛特开始彻底搜查，把东西四处乱扔。诺顿始终盯着安迪，想看看他是否会慌乱紧张。他从安迪手中拿过《圣经》。

诺顿：我很欣慰看到你在读《圣经》。最喜欢哪段？

安迪："所以你们要警醒，因为你们不知家主何时到来。"

诺顿（微笑）：路加福音[5]，第13章35节。我一直喜欢这段。

（在牢房中踱步）但我更喜欢这段："我是世界的光，跟从我的，就不在黑暗里走，必须得跟着生命的光。"

安迪：约翰福音，第 8 章 12 节。

诺顿：我听说你精于算术。不错。人应该有一技之长。

哈德利：这个你怎么解释？

安迪看到哈德利拿着一块磨石毡，是一块手套大小的抛光布。

安迪：这是磨石毡，打磨石头用的。我的一点小爱好。

哈德利看看排在窗台上的石头，转向诺顿。

哈德利：基本没问题，有一些违禁品，但不算出格。

诺顿点点头，慢悠悠走到丽塔的海报前。

诺顿：这个我不赞成……（转向安迪）……但我想也不妨破例。

诺顿带着守卫走出牢房。牢门锁上。诺顿停步转身。

诺顿：差点忘了。

他的手穿过铁栅把《圣经》还给安迪。

诺顿：我不能把这个夺走。救赎之道，就在其中。

诺顿带着手下离开。

瑞德（独白）：查房只是个借口。其实诺顿是想称称安迪的斤两。

---

5 诺顿有误，正确答案应是马可福音。——译者注

87 内景,监狱洗衣房,日间,1949

安迪在流水线上忙碌着。哈德利进来跟鲍伯交代几句。鲍伯点头,走到安迪身边拍拍他的肩膀。安迪转身取出耳塞。鲍伯在机器轰鸣声中大喊:

鲍伯:杜弗雷!出队!

88 内景,典狱长诺顿办公室,日间,1949

安迪被带进房间。诺顿正伏案批阅文件。安迪看着墙上那幅带框的刺绣,上面写道:"主的审判即将降临"。

诺顿:那是我太太在教堂团契聚会时做的。

安迪:很漂亮,先生。

诺顿:你喜欢在洗衣房工作吗?

安迪:不,先生,不是特别喜欢。

诺顿:或许可以帮你找份跟你的学历相称的工作。

89 内景,主楼,储藏室,日间,1949

一排阴暗的房间,堆满了未使用的文件柜、桌子和油漆工具等杂物。安迪走进来,听到翅膀扇动的声音。一只大乌鸦飞到文件柜上来回踱步,上下打量着他。安迪微笑起来。

安迪:嗨,杰克。布鲁克斯在哪儿?

布鲁克斯·哈特伦从后面的房间探出头来。

布鲁克斯：安迪！我好像听见你在外面！

安迪：我被派到你这儿了。

布鲁克斯：我知道，他们告诉我了。是被发配到这儿来了吧？快进来，我带你四处看看。

90 内景，肖申克监狱图书馆，日间，1949

布鲁克斯带安迪走进最阴暗的内室。粗糙的木架上放着一排排书籍。这是布鲁克斯的私人领地。

布鲁克斯：这就是了，肖申克监狱图书馆。这边是《国家地理》。那边是《读者文摘》精华版。最下层是路易斯·拉摩和厄尔·斯坦利·加德纳的小说。每天我会把书装到车上走一圈，然后把借书人的名字写在笔记板上。嗯，就这样。简单，轻松，小菜一碟。有问题吗？

安迪停步思考。整件事情完全没有道理。

安迪：布鲁克斯，你做图书管理员多久了？

布鲁克斯：从1913年开始，超过37年了。

安迪：这么多年，你有过助手吗？

布鲁克斯：从来没有。没必要，对吗？

安迪：那现在为什么要有？为什么是我？

布鲁克斯：我不清楚。不过有你在这儿陪陪我也挺好的。

哈德利（画外音）：杜弗雷！

91 安迪走到外间，看见哈德利和另外一个守卫，一个叫戴肯的大块头。

哈德利：就是他，这就是我说的那个人。

哈德利离开。戴肯带着一丝不祥的神情走向安迪。安迪站在那儿，不知将会发生什么。最后戴肯开口了：

戴肯：我叫戴肯。我，嗯，我想为孩子弄笔教育信托基金。

安迪不胜惊讶，他看看布鲁克斯。后者微微一笑。

安迪：我明白了。嗯。要不我们坐下来好好谈谈？

布鲁克斯：把那边的桌子拿下来。

安迪和戴肯把一张斜放的桌子拿到地上放平，又找来两把椅子，坐下。布鲁克斯拿来纸和笔放在安迪面前。

安迪：你有什么想法？从每周的薪水中扣一部分？

戴肯：那个，我想把钱存进银行，但哈德利队长说最好先问问你。

安迪：他说得对。你没必要把钱存进银行。

戴肯：没必要？

安迪：那能赚到什么？一年两厘半，还是三厘？我们可以赚得更多。（蘸湿笔）告诉我，戴肯先生，你想让孩子上哈佛还是耶鲁？

92 内景，食堂，日间，1949

弗洛伊德：他不可能那么说！

布鲁克斯：上帝作证。戴肯听得直眨眼，接着笑得屁眼儿都张开了。最后还和安迪握手呢。

海伍德：放屁！

布鲁克斯：握他妈的手。我自己都他妈不信。安迪只需要一套西装、一条领带，外加一个风骚的小秘书，他就是尊贵的杜弗雷先生。

瑞德：交新朋友了，安迪。

安迪：我不会说"朋友"这个词。我只是个提供财务咨询的在押犯，只是他们的宠物而已。

瑞德：至少可以离开洗衣房了，不是吗？

安迪：或许我可以做得更多。（不看他们）扩张图书馆怎么样？弄些新书回来。

海伍德：你打算怎么做，尊贵的杜弗雷先生？

安迪：找典狱长要钱。

哄堂大笑。安迪不解地看着他们。

布鲁克斯：孩子，在我服刑期间换过六任典狱长。然后我就知道宇宙中有一个永恒不变的法则：只要你开口要钱，每一个典狱长都会把他的屁眼夹得紧紧的。

93　内景，主楼走廊，日间，1949

移动拍摄，诺顿和安迪走到走廊上：

诺顿：一分钱都没有。我的预算一直都很紧。

安迪：我明白。或许我可以给州议会写信，要求他们拨款。

诺顿：那些远在奥古斯塔[6]的共和党家伙们认为，监狱拨款只能用于三个用途：修高墙、造栅栏、请卫兵。

安迪：但我还是想试试，希望您能批准。我会每周写一封信。他们不可能永远不理我。

诺顿：他们当然不会理你，但随你高兴吧，我会帮你把信寄出去，怎么样？

94 内景，安迪的牢房，夜晚，1949

安迪坐在床上写信。

瑞德（独白）：于是，安迪开始每周写一封信，就像他说的那样。

95 内景，守卫办公桌／诺顿办公室外，日间，1949

安迪探头进来。守卫摇摇头。

瑞德（独白）：正如诺顿所说，安迪一直没有得到回复。但他继续坚持。

96 内景，监狱图书馆／安迪的办公室，日间，1950

安迪在报税，米尔特坐在他面前，另外那些不当值的守卫排队等候。

---

6 缅因州首府。——译者注

瑞德（独白）：到第二年四月，安迪帮肖申克监狱大约一半的守卫报了税。

97　内景，监狱图书馆，一年后，1951

又是报税季。更多的守卫排队等候。

瑞德（独白）：再过一年，他帮所有的守卫报了税……包括典狱长。

98　外景，棒球场，日间，1952

莫兹比猛虎队的击球手打出一个高球到左场，然后猛奔过去。

瑞德（独白）：又过一年，他们把内部球赛改定在了报税季……

99　内景，监狱图书馆/安迪的办公室，日间，1952

那名击球手坐在安迪对面。蜿蜒的长队直排到门外。

瑞德（独白）：对方球队的守卫们也没忘记带上税务表格。

安迪：莫兹比监狱给你配了枪，但事实上你付了钱？

击球手：太他妈对了，还有枪套。

安迪：看，这些都可以减税。这项可以扣除。

瑞德（独白）：没错，安迪就是一家标准的税务公司。实际上，他在报税季简直忙不过来，所以他们允许他有个雇员。

镜头转向瑞德和布鲁克斯，他们正在分拣文件。

安迪：嘿，瑞德，可以给我一叠1040表格吗？

瑞德（独白）：那年我有整整一个月不用去木工车间，这事真不错。

100 内景，守卫办公桌/诺顿办公室外，日间，1953

安迪走进来，把一封信放进要寄的邮件中。

瑞德（独白）：安迪继续写信……

101 内景，安迪的牢房，夜晚，1953

黑暗中。安迪在床上打磨一块长约四英寸的石英。那是一枚做工精美的马头状棋子，闪着安详而高贵的光。

他把骑士放在床边的棋盘上，那里已经有四个棋子了：国王、王后和两个主教。他转向丽塔。月光透过铁栅照着她的脸庞。

102 外景，操场，日间，1954

弗洛伊德惊慌失措地跑过来，一边叫喊一边挥手，他看到安迪和瑞德站在看台上。

弗洛伊德：瑞德，安迪，布鲁克斯出事了。

103 内景，监狱图书馆/安迪的办公室，日间，1954

弗洛伊德和安迪、瑞德冲进办公室。他们看到吉格和斯诺兹正在想法让布鲁克斯冷静下来。布鲁克斯勒着海伍德的脖子，将一把小刀架在上面。海伍德惊慌失色。

吉格：别这样，布鲁克斯，你他妈冷静点行不行？

布鲁克斯：该死的婊子养的吃屎的家伙！

他一脚踢翻桌子。税务表格漫天飞舞。

瑞德：见鬼，出什么事了？

斯诺兹：谁知道，前一秒钟还好好的，突然就把刀拔出来了。我去叫守卫好了。

瑞德：不。我们能处理。对不对，布鲁克斯？我们坐下来谈谈，好不好？

布鲁克斯：没什么好谈的！该谈的都谈完了！我现在就要割断这王八蛋的喉咙！

瑞德：为什么？海伍德干什么了？

布鲁克斯：他们逼我的！我必须这么干！

安迪上前，直视着布鲁克斯。

安迪（温柔地）：布鲁克斯，你不会伤害海伍德，我们都知道。海伍德也知道，对吗，海伍德？

海伍德（点头，惊慌失措）：当然。我知道。当然。

安迪：为什么这么说？因为不管问谁，人们都会说：布鲁克斯·哈特伦是个讲道理的人。

瑞德（示意大家点头）：没错，没错。每个人都这么说。

安迪：你少唬人了，赶紧把那把破刀放下，别吓唬大家了。

布鲁克斯：可这是唯一能让我留下来的办法。

布鲁克斯泪流满面。风暴终于平息。海伍德跟跄躲开，大口大口地喘着气。安迪拿过刀子递给瑞德。布鲁克斯倒在安迪怀里失声痛哭。

　　安迪：想开点。没事了。

　　海伍德：他没事了，那我呢？这个疯老头子！差点就他妈割断了我的喉咙！

　　瑞德：你刮胡子也会比那个伤得厉害。你对他干了什么？

　　海伍德：什么也没干！我只是过来跟他告个别。（不看大家的表情）你们没听说吗？他的假释批准了！

瑞德和安迪面面相觑。安迪还想搞清楚状况。瑞德示意他别问了。他搂住哭泣的布鲁克斯。

　　瑞德（轻声）：那不是很好吗，老伙计。用不了多久，你就可以搂着漂亮妞胡吹神侃了。

104　外景，监狱后院露天看台，黄昏，1954

　　安迪：我还是不明白这到底是怎么回事。

　　海伍德：老家伙疯了，就像热锅上的蚂蚁，就这么回事。

　　瑞德：海伍德，够了。布鲁克斯没什么错。他只是被体制化了，仅此而已。

　　海伍德：体制化？什么屁话？

瑞德：他在这里已经五十年了。对他来讲，这地方就是整个世界。他在这里是个大人物，一个有教养的人。是一个图书管理员。到了外面，他什么都不是，只是一个没用的、患有关节炎的老犯人。他连一张借书证都申请不到。你明白我说的吗？

弗洛伊德：瑞德，我相信瑞德，我相信你是在用屁眼说话。

瑞德：爱信不信。这些墙很有趣。一开始你恨它，然后你学会适应它，过了足够久以后，你就离不开它。这就是"体制化"。

吉格：放屁。我才不会那样。

厄尔尼（轻声地）：等你待到像布鲁克斯那么久再说这话吧。

瑞德：太他妈对了。他们把你送到这里，判你终身监禁，你的一生就此毁了。至少也是部分毁了。

105 外景，肖申克监狱，拂晓，1954

太阳从灰色的山岩间升起。

106 内景，安迪的牢房，拂晓，1954

镜头对准丽塔的海报。一如既往地性感。玫瑰色的曙光在她的脸上缓缓移动。

107 内景，图书馆，拂晓，1954

布鲁克斯静静地站在窗棂前的椅子上，杰克在他掌上。

布鲁克斯：我不能再照顾你了。你走吧，你自由了。

他把杰克抛出窗棂。乌鸦拍着翅膀飞走了。

108 外景，肖申克监狱大门，日间，1954

两声短促的警报响过，大门打开，布鲁克斯出现在大门口，穿着廉价的西装，提着廉价的手提包，戴着廉价的帽子。

布鲁克斯走出大门，眼泪滚滚滑落。他回头凝望，瑞德、安迪和其他人站在铁栅中目送他离开。大门关上，众人淡出视线。

109 内景，巴士，日间，1954

布鲁克斯坐在巴士上，两手紧抓着前面的座椅，飞驰的速度让他无比恐惧。

> 布鲁克斯（独白）：亲爱的朋友们，真不敢相信外面的世界变化有多快。

110 外景，街道，波特兰，缅因州，日间，1954

布鲁克斯横穿马路，就像一个迷路的孩子。无数的车辆行人让他头晕目眩。

> 布鲁克斯（独白）：我年轻时只见过一次汽车。现在到处都是汽车。

111 外景，酿酒人旅馆，日间，1954

布鲁克斯步履蹒跚地走过人行道，一架螺旋桨飞机在低空呼啸而过，他抬头仰望。

> 布鲁克斯（独白）：这世界疯狂地忙碌着。

他走进寒酸简陋的酿酒人旅馆。

112　内景，酿酒人旅馆，日间，1954

女人把布鲁克斯带到顶楼。数不清的楼梯，他爬得很艰难。

女人：晚上八点以后不准放音乐。九点以后不准见客。不准在电炉以外的地方煮饭……

布鲁克斯（独白）：人们说话更快，也更大声。

113　内景，布鲁克斯的房间，日间，1954

布鲁克斯走进狭小、破旧、昏暗的房间。粗大的房梁横在屋顶。从拱形的窗户中可以看见国会大街。喧闹的车声在房中回响。布鲁克斯放下皮包，显得无所适从。他只是站在那里，像是在等一辆公共汽车。

布鲁克斯（独白）：假释委员会安排我临时住在这家酿酒人旅馆，还给我找了一份福德威超市的打杂工作……

114　内景，福德威超市，日间，1954

超市中一片喧闹。布鲁克斯正在为顾客打包。收银机嗡嗡作响，小孩大声尖叫。

女人：记住用两层袋子。上次你们忘了，袋子差点就破了。

经理：听到这位女士的话了吗？双层袋子，明白吗？

布鲁克斯：好的先生，双层，一定照办。

　　　　布鲁克斯（独白）：工作很辛苦。我努力想跟上，可我的双手一直在疼。我想超市经理不怎么喜欢我。

115　外景，公园，日间，1954

　　布鲁克斯独自坐在长凳上喂鸽子。

　　　　布鲁克斯（独白）：有时下班后我会去公园喂鸽子。我一直希望杰克能过来跟我打个招呼，但它一直没有出现。无论它在哪里，我都希望它能快活，希望它能交到新朋友。

116　内景，布鲁克斯的房间，夜晚，1954

　　一片黑暗。车辆从窗外驶过。布鲁克斯惶恐不安地醒来，在黑夜的某处，有人在大声争吵。

　　　　布鲁克斯（独白）：夜里我总是睡不好。那么大的床。我总是做噩梦，好像从高处跌落，然后惊醒。常常要很久才能想起自己身在何处。

117　内景，福德威超市，日间，1954

　　　　布鲁克斯（独白）：或许我应该弄支枪打劫福德威超市，这样他们就可以送我回家了。我可以顺便给那个经理来上一枪，算是附送的赠品。

118　内景，布鲁克斯的房间，日间，1954

　　布鲁克斯把他在这世上的全部财产都收进包里。内衣、袜子……

　　　　布鲁克斯（独白）：但我想我已经老得没法再去胡来了。

119 内景，布鲁克斯的房间，不久之后，1954

布鲁克斯穿上西装，打好领带，戴上帽子。桌上的信已经贴好邮票准备寄出。行囊就在门边。

> 布鲁克斯（独白）：我不喜欢这个世界。我不想一直害怕。我决定不再留恋。

他最后一次环顾四周。只剩下一件事了。他走到屋子中央的木椅旁边，从口袋里掏出小刀，仰视房梁。他踩到椅子上。椅子摇摇晃晃。他面对房梁，在木头上刻下一行字：布鲁克斯·哈特伦曾经来过。他安详而平静地笑着。

> 布鲁克斯（独白）：我想人们不会为了我这么一个老家伙而大惊小怪。

120 重压下的椅子

他在椅子上左摇右晃——椅子从他脚下滑开。他的双脚停在原处，在空中微弱地踢了几下。他的帽子落到地上。

镜头拉远。布鲁克斯已经悬梁自尽。他轻轻地晃动着，面朝打开的窗户。楼下喧闹的车声在房中悠悠回响。

121 外景，操场，肖申克监狱，日间，1954

安迪给瑞德和其他人读信：

> 安迪：另外，告诉海伍德，我很抱歉把刀架在他的脖子上。我没想要伤害他。

长久的沉默。安迪把信叠好放在一边。

　　　　瑞德（轻声地）：他应该死在这里，他妈的！

122　内景，监狱图书馆，日间，1954

安迪整理小车上的书籍。把一摞书重新放上书架——他忽然停下来，看到一群蚂蚁正在木头上爬。他抬头仰望。蚂蚁爬到顶端消失了。他拿了把椅子站上去仔细观察。

　　　　安迪：瑞德！

瑞德抱着一大摞文件走进来。安迪小心翼翼地伸手进去，抓到了一只黑色的翅膀，然后拽出一只死乌鸦。

　　　　瑞德（轻声地）：是杰克吗？

123　内景，木工车间，日间，1954

瑞德坐在木工凳上做东西，一边用砂纸打磨，一边转着念头。

　　　　瑞德（独白）：如果不是安迪，我们永远想不到要这么做。那是他的主意。我们也全都同意应该这么办……

124　外景，野外，日间，1954

四周都是低矮的小山。上百名犯人在田间劳作。守卫端着卡宾枪在旁警戒。安迪、瑞德他们拿着铁锄、铁铲干活，不时瞄一眼旁边的载货卡车。哈德利正和米尔特、扬布拉德在一起闲扯。哨声响起。

　　　　守卫：喝水时间！五分钟！

犯人们停下手中的工作，走向装货卡车，用长柄勺喝桶里的水。瑞德他们看看安迪。安迪点头。是时候了。他们借机离开，走向附近的斜坡，找到一处合适的地方。守卫没有注意到他们。

吉格和弗洛伊德用锄头挖出一个小坑。瑞德掏出一个涂色上漆的精美木盒，他把木盒拿给大家看，众人点头称许。

  安迪：很漂亮，瑞德。真不错。

  海伍德：铁铲侠来了。小心泥土。

海伍德跳进坑里往外铲土。

125　卡车旁

扬布拉德抬头看见斜坡上的那群人。

  扬布拉德：搞他妈什么。

  哈德利（顺着他的眼光看过去）：嘿！上面的人！赶紧他妈给我下来！（拉动枪栓）你们这群王八蛋聋了吗？给你们五秒钟，否则我就开枪了！

众犯人忽然散开，有几十个人跑向斜坡。

  哈德利：当我是什么，自言自语？

126　斜坡上

安迪从外套里掏出一包东西，打开裹在外面的毛巾。是杰克的尸体。安迪把它放进木盒，把布鲁克斯的信也放在里面。瑞德把棺材放进坑里。短暂的沉默。安迪点头鼓励瑞德。

瑞德：主啊。布鲁克斯是个罪人。杰克只是只乌鸦。他们不值一提。都被体制化了。看你能为他们做点什么吧。阿门。

一片"阿门"之声。他们把土铲进小小的坟墓，填平夯实。

127 内景，肖申克监狱走廊，日间，1955

镜头跟随哈德利快速移动。他愤怒地疾步向前，眼看就要爆发了。他用力推开门走出来——

128 外景，肖申克监狱围墙，日间，1955

——镜头从围墙俯拍操场。他靠着栏杆扫视整个操场，终于看到安迪在和瑞德聊天。

哈德利：杜弗雷！你他妈的都干了什么？（安迪抬头）混帐东西，去典狱长办公室，马上！

安迪不无忧虑地看看瑞德，然后离开。

129 内景，守卫办公桌 / 典狱长办公室外，日间，1955

几十个包裹散落在地板上。值班守卫威利从中挑拣邮件。哈德利走进来，安迪紧随其后。

安迪：这都是什么？

哈德利：你告诉我啊，操！都是寄给你的，都他妈是！

威利：嗯，拿着。

安迪拿过信封，抽出一封信，开始读：

> 安迪:"亲爱的杜弗雷先生。谨此回复您多次的询问,州议会已决定为您的图书馆项目拨出基金,随信附上款项……"(兴奋地检视支票)是一张两百美元的支票。

威利咧嘴一笑。哈德利瞪他一眼。威利赶紧敛容以待。

> 安迪:"此外,图书馆慷慨地捐赠了一批二手书籍和其他杂物,相信可以满足您的要求。我们确信此事已经解决。请阁下停止来函。您真诚的,州审计官办公室。"

安迪打量着这些盒子。全世界的财富都躺在他的脚下。他的眼睛潮湿了。

> 哈德利:在典狱长回来之前,把所有东西清理干净,否则你就等着挨揍吧。

哈德利走出去。安迪抚摸着盒子,就像痴情的男人在抚摸他美丽的女人。威利咧嘴一笑。

> 威利:干得不错,安迪。

> 安迪:只用了六年时间。(拍打盒子)从现在开始,我要每周写两封信。

> 威利(大笑,摇头):我看你是真的疯了。你最好按队长吩咐把这些东西弄到楼下。我现在出去逛一会儿。等我回来,这些东西都要清理干净,明白吗?

安迪点头。威利拿着色情漫画进了厕所。现在只剩下安迪一个人,他开始整理那些盒子,像个饿极了的人对着一包包食物,不知该从哪个开始。他晕头转向地撕开盒子,把书从里面拿出来,用手摸着,迷醉地闻着。

他撕开另一个包裹。里面有一台老式留声机，工业灰色和绿色相间，边上有花体字的"波特兰公立学区"字样。盒子里还有一摞摞旧唱片。

安迪虔诚地拿出一摞，急速地翻找着。耐特·金·柯尔、平·克劳斯贝乐队等等。他忽然看到一张唱片——是莫扎特的《费加罗的婚礼》。他抽出唱片，目不转睛地看着。这是世上最美的东西之一，有如圣杯。

130　内景，洗手间，日间，1955

威利坐在马桶上，膝上放着色情小说。

131　内景，守卫室／典狱长办公室外，日间，1955

安迪费力地把留声机搬到守卫办公桌上，急匆匆地把桌上的东西扫到地下。他接上电源，一盏红色的灯亮起。唱机转盘开始转动。

他把莫扎特从封套中抽出，放入唱机，把拾音臂放在他最喜欢的一段乐曲上。唱针在音轨中发出咝咝的声响，接着音乐响起，声音华美明亮。安迪躺在威利的椅子里沉醉地听着。这段是《微风颂》，苏珊娜和伯爵夫人的二重唱。

132　内景，洗手间，日间，1955

威利好像听到了音乐，他停止读书，满脸困惑。

　　威利：安迪？你听见了吗？

133　内景，守卫室／典狱长办公室外，日间，1955

安迪瞄了一眼洗手间……他笑起来。豁出去了。他冲过去锁上前门，然后是洗手间的门。他回到桌前固定好播音的扬声器，鼓足勇气，把所有控制键都打开。扬声器发出短促而尖厉的声响。

134　内／外景，每个喇叭，日间，1955

……莫扎特的音乐瞬间传遍了监狱各个角落。

135　内景，洗手间，日间，1955

威利猛地站起来，裤子在脚踝处堆作一团。

136　内／外景，肖申克监狱各处，日间，1955

整个监狱的犯人，不管他们原来在做什么，全都停了下来，僵在那里听着音乐，眼睛直盯盯地望着喇叭。

137　牌照车间的冲压机关了……

138　洗衣房静了下来，机器在一声尖锐的鸣响后倏然停止……

139　木工车间的机器关了，嗡响着停止运转……

140｜143　停车场……厨房……装卸处……操场……这麻木的监狱生活本身——一切都慢慢停了下来……一点点停了下来。没人动，没人说话。所有的人只是站着、听着，恍如梦中。

144　内景，守卫室，日间，1955

安迪魂魄俱飞，斜躺在椅上挥舞双臂指挥着音乐，如痴如醉。此刻不再有肖申克，它已被逐出人心。

145　外景，操场，日间，1955

　　镜头掠过人群，所有的人都僵在当场。

　　　　瑞德（独白）：直到今天，我也不知道那两个意大利女人在唱什么。事实上，我根本就不想知道。有些事只可意会。我只知道她们所唱的一定是无法形容的美丽之物，美得让人心碎。

　　镜头拉回瑞德。

　　　　瑞德（独白）：我要说的是，那歌声所带来的，远胜于这片灰暗土地上的人们的所有梦想。它就像美丽的飞鸟，飞进我们狭小单调的囚笼，四面围墙为之粉碎……在那个瞬间——肖申克每一个活着的人都感觉到了自由。

146　内景，监狱走廊，日间，1955

　　镜头跟随诺顿和哈德利在走廊上快速移动。

　　　　瑞德（独白）：这显然令典狱长震怒。

147　内景，守卫室／典狱长办公室外，日间，1955

　　诺顿和哈德利破门而入。安迪抬起头，带着神圣的笑容。威利使劲地敲着洗手间的门。

　　　　威利：让我出……去！

148　内景，禁闭室大门，日间，1955

　　镜头低角度缓慢推近那扇无比沉重、锈迹斑斑的铁门。上帝！这真是个可怕的地方。

瑞德（独白）：为了那短暂的惊艳瞬间，安迪被关了两周禁闭。

149　内景，禁闭室，日间，1955

安迪似乎并不在意。他还在挥舞手臂，指挥着那缭绕心头的音乐。那激越的二重唱在我们耳畔隐约回响。

150　内景，食堂，日间，1955

海伍德：你就不能放点好听的音乐吗，嗯？比如汉克·威廉姆斯。

安迪：还没到点播时间，他们就把门撞破了。

弗洛伊德：在那洞里待两星期值得吗？

安迪：那是我一生中最开心的时光。

海伍德：狗屁！那洞里根本没什么开心可言，一周就像一年！

安迪：有莫扎特先生为伴，根本感觉不到时间。

瑞德：哦？他们让你带着留声机去那儿了？我敢打赌那玩意儿一定会被没收。

安迪（拍拍胸口和脑袋）：音乐在这里……也在这里。这是他们唯一不能没收的东西，永远不能。这就是音乐的美妙之处。难道你从来没感受过音乐的美妙吗，瑞德？

瑞德：年轻时吹过口琴，水平很差。后来就没了兴趣，在这里更没什么意义。

安迪：只有在这里音乐才最有意义。它可以帮助我们不再遗忘。

瑞德：遗忘？

安迪：在这世上，有些东西是石头无法刻成的。在我们心里，有一块地方是无法锁住的，那块地方叫做希望。

瑞德：希望是个危险的东西，足以让人发狂。这儿容不下希望，还是认命吧。

安迪（轻轻地）：就像布鲁克斯那样？

银幕渐黑。

151　一扇铁栅门

铁门"哐啷"打开。一个大而空旷的房间。镜头推进。七位严肃的男人并排坐在长桌前。桌前有一把空椅子。我们又一次来到：

内景，肖申克监狱聆讯室，日间，1957

瑞德走进房间，上次假释聆讯已经是十年前的事了。他摘下帽子坐下来。

男一：看你的档案，你的终身监禁已经服满三十年了。

男二：你觉得你已改过自新了么？

瑞德：是的，先生，毫无疑问。我简直变了一个人，对社会没有任何威胁，不再危害社会，上帝作证。我已经彻底改过自新了。

特写——假释表。

大大的橡皮图章猛地盖下：驳回。

152 外景，监狱后院，黄昏，1957

　　天色渐黑，瑞德走出来，安迪正等着他。

　　　　瑞德：……老样子，还是老样子。三十年了，上帝！当你说出这话……

　　　　安迪：你会想这日子是怎么过的。而我在想这十年都去哪里了。

　　瑞德郑重点头。他们在看台上坐下。安迪拿出一个小盒子递给瑞德。

　　　　安迪：周年礼物，打开它。

　　瑞德打开盒子。薄薄的棉垫上是一个闪闪发光的新口琴，明亮的铝合金外壳，带一点喜气洋洋的红色。

　　　　安迪：找你的竞争对手买的，希望你不要介意，我只想给你个惊喜。

　　　　瑞德：真漂亮，安迪，谢谢你！

　　　　安迪：想吹点什么吗？

　　瑞德沉吟着摇了摇头：

　　　　瑞德：今天不。

153 内景，五号监区 / 安迪的牢房，夜晚，1957

　　犯人们在楼道上列队直到点名结束，各自回房。中控开关合上，所有的门"咔嚓"锁上。安迪看见床上有个纸筒，上面写着：十周年纪念，一个新姑娘。你的哥们儿瑞德。

154 内景,安迪的牢房,不久之后,1957

玛丽莲·梦露的脸庞占据了整个银幕。镜头缓缓后拉,整张海报显现出来:这是电影《七年之痒》中的经典画面。梦露站在地铁口,裙裾飞扬。安迪坐在那儿凝视着她,就要熄灯了……

155 内景,瑞德的牢房,夜晚,1957

……黑暗渐渐占据监区,瑞德怅然若失地发着呆。一日日、一月月、一年年层累而来……

他视那支口琴如同火星圣物。他沉吟着想吹一下——已经犹犹豫豫地放到唇边了——还是没舍得吹,又放回盒子。看来口琴会一直放在那里……

银幕渐黑。

156 砰砰的熄灯声越来越响,世界一片黑暗。

> 瑞德(独白):就像他自己说的,安迪继续不停地给州议会写信。一星期两封而不是一封。

……一堵墙轰然倒下,屋里顿时明亮起来。一队犯人面戴防尘巾,手拿铁锤铁镐出现在镜头中。守卫们在后面监工。

安迪扯下方巾笑起来,瑞德他们也随之大笑。他们跨过墙洞,在这个一直封闭的储藏室中搜寻。

> 瑞德(独白):1959年,奥古斯塔的那些家伙终于知道单凭200美元打发不了安迪。拨款委员会投票决定每年拨款500美元,只是为了让他闭嘴。

157 内景,监狱图书馆,日间,1960

镜头跟拍施工进度。墙被推倒,众人或刷漆,或涂抹灰泥,或挥动铁锤。一排排木架树起。木工首领瑞德正和安迪商量事情。

瑞德(独白):每年都会准时收到支票。

158 内景,监狱图书馆,日间,1960

瑞德和几个人打开箱子把书拿出来。

瑞德(独白):安迪总是让人吃惊。他与图书俱乐部、慈善组织做起了生意……他论磅购买廉价图书……

海伍德:《金银岛》,罗伯特·路易斯……

安迪(正在记录):……斯蒂文森。下一本?

瑞德:我这里有本写汽车维修的,还有一本写肥皂雕刻的。

安迪:行业技能及爱好。教育类,就在你身后。

海伍德:基科山伯爵……

弗洛伊德:是基督山,笨蛋。

海伍德:……作者是亚力山大·大马屁股……

安迪:是大仲马。你们这些家伙一定喜欢,这本书跟越狱有关。

弗洛伊德想拿那本书,海伍德赶忙收起:我先看见的。瑞德瞄了安迪一眼。

瑞德：也许这本也应该算教育类。

159 内景，木工车间，日间，1961

瑞德正在做木牌，他仔细地把一个个字母排在长木板上。然后木板上出现——

160 内景，监狱图书馆，日间，1963

——上过漆的木牌挂在图书馆的拱门上：布鲁克斯·哈特伦纪念图书馆。镜头下移，拍摄图书馆全景。一架架的书和桌椅，甚至还有几盆植物。海伍德戴着耳机听汉克·威廉姆斯的唱片。

瑞德（独白）：到肯尼迪遇刺那年，安迪已经把飘着松脂味的杂物室变成了新英格兰地区最好的监狱图书馆。

161 外景，肖申克监狱，日间，1963

诺顿在记者会发表演讲，闪光灯"啪啪"地响着：

瑞德（独白）：就在那一年，典狱长诺顿开始实行他著名的"外役"计划。说不定你还记得这个新闻。当时各家报纸都曾报道这事，诺顿的照片还上了《生活》杂志。

诺顿：……真正的、不断优化的犯人改造计划。服刑人员在正确的监管之下，将走出高墙，以多种方式参与公共服务。加工木材、修桥筑路、浚河通渠……

镜头转向围栏后听讲的瑞德和他的同伴们。

诺顿：有效的社区服务将使这些人明白诚实劳动的价值，纳税人只需承担最低的支出！

海伍德：要我说，这听着像修路队。

瑞德：没人问你。

162 外景，筑路工地，日间，1963

一队筑路犯人用铁镐在斜坡上铺设管道。尘土飞扬，汗味弥漫。卫兵们持枪巡逻，一个招摇的女记者戴着难看的帽子匆匆走来，后面还跟着一位摄影师。

女记者：你！你们！我们现在要给你们拍照！

海伍德：让我们歇会儿吧，女士。

女记者：你知道我是谁吗？我是《生活》杂志的！有人说你们会配合我的工作！你是不是想让我向典狱长检举你？你是这么想的吗？

海伍德（叹气）：啊，不，女士。

女记者：这还差不多！现在你们站成一排，笑得灿烂点！把工具拿起来秀给我看！

她转身示意摄影师上前，海伍德对其他人使个眼色。

海伍德：你们都听到她的话了吧。

海伍德解开裤子，把手伸进去，其他人照办不误。女人转过身，看见这些人露出阴茎，正冲着她灿烂地笑，她两腿一软，跌坐在尘土之中。

海伍德：来呀！我们正秀着我们的工具，还笑得傻瓜一样呢！

　　　　你他妈的倒是拍呀！

163　内景，禁闭室，夜晚，1963

　　海伍德独自在黑暗中叹息。

　　　　瑞德（独白）：没人会让服刑犯来说出他们的感受……

164　外景，林区，日间，1965

　　一队筑路犯人在泥沼中拖树墩。

　　　　瑞德（独白）：当然，诺顿演讲中所说的"最低支出"是一个极为含混的词，有无数种揩油的办法。人工、材料，一切你能想出来的办法。天哪，多少钱就那样滚滚涌来……

　　诺顿漫步而来，奈德·格莱姆斯紧跟其后。

　　　　奈德：再这样下去，我就没法活了！你有这些么多奴工，任何一个承包商都不是你的对手。

　　　　诺顿：奈德，我们提供的是有价值的社会服务。

　　　　奈德：这话最好说给报纸听，可我还要养家呢。政府可不给我发薪水，山姆[7]，看在我们这么多年交情的份上，我真的需要这份高速公路合同，拿不到合同我就完蛋了，真的。（拿给他一个盒子）这是我太太特意为你烤的美味馅饼，再考虑一下吧。

　　诺顿打开盒子，馅饼旁是个信封，他用大拇指拨拉着信封里那叠厚厚的钞票。

7　塞缪尔的昵称。——译者注

在他们身后，绞盘的缆线"咔嚓"断开，在空中"啪啪"地抽打着，差点切断了某人的腿。那人"扑通"摔倒，在泥泞和鲜血中尖声大叫，一根树桩倒下来正压在他身上。许多人冲过去帮忙，诺顿却像是完全没有看见。

> 诺顿：奈德，我并不担心这份合同，我好像已经把人调到别处去了，你大可放心，谢谢梅齐的美味馅饼！

165　内景，诺顿办公室，夜晚，1965

镜头对准梅齐的馅饼。已经少了几块。

> 瑞德（独白）：每一笔肮脏的交易，所得的每一美元……

镜头移向桌旁的安迪，他一边若有所思地咀嚼，一边用计算器统计数目。

> 瑞德（独白）：……都是安迪做账。

安迪准备好两笔银行存款，诺顿凑到桌前警觉地审视着。

> 安迪：两笔存款，凯斯科银行和新英格兰第一银行，夜存，和往常一样。

诺顿把信封放入衣袋，安迪走到墙上的保险柜前，把账簿和相关文件放进去。诺顿锁上保险柜，把他妻子的刺绣框移回原处，然后翘起拇指，指着墙角的待洗衣物和两套西装。

> 诺顿：把我的东西拿去洗衣房，两套西装和架子上的包要干洗。跟他们说，要是这次再浆过了头，他们就有的瞧了。（整整领带）我看上去如何？

安迪：非常好！

诺顿：波特兰市区有个大型慈善晚会，州长也会去。（指指馅饼）剩下的这些你还要吗？女人真烤不出什么好玩意儿。

166 内景，监狱走廊，夜晚，1965

安迪提着诺顿的衣物疲惫地穿过走廊，胳膊下夹着那盒馅饼。

167 内景，图书馆，日间，1965

镜头从馅饼移动至大嚼馅饼的瑞德，他正在帮安迪整理架上的图书。

瑞德：我听说无数馅饼被他染指。

安迪：你听说的还不到一半，他的把戏你做梦都想不到。回扣连着回扣，脏钱像河水一样从这里流过。

瑞德：脏钱终归是个麻烦。迟早有一天要交代清楚。

安迪：那就是我的用处所在。我让钱流通、过滤、漂洗……股票、证券、免税公债…我把钱撒向全世界，等它回来的时候……

瑞德：干净得就像处女？

安迪：比那更干净。诺顿退休时，我会让他变成百万富翁。

瑞德：老天。要是被逮住，他的下场就是穿上囚服。

安迪（微笑）：你应该对我更有信心。

瑞德：我知道你很棒，但账簿中总会留下蛛丝马迹。任何人只要有足够的好奇心——联邦调查局、国税局，不管是谁——线索都会指向某个人。

安迪：当然。但那个人不会是我，更不会是典狱长。

瑞德：那是谁？

安迪：皮特·斯蒂文斯。

瑞德：谁？

安迪：一个永远不会开口的合伙人。他才是有罪的那个，大人。银行账户是他的，洗钱也是由他而始。即便追查也只能找到他。

瑞德：哦，好吧，但他到底是谁？

安迪：一个幽灵，一个影子，哈维兔[8]的二表哥。（避开瑞德的目光）我凭空变出来的，他并不存在，除了在文件中。

瑞德：你不可能就这么造出一个人来。

安迪：当然可以，只要你知道这体制如何运作，漏洞又在哪里。真正让人吃惊的是只需要通过邮件就可以办成。斯蒂文斯先生有出生证、社保卡、驾驶执照。他们如果追查这些账户，只能查到我虚构出来的人物。

瑞德：天哪！我说过你很棒吧？你简直就是伦勃朗。

安迪：这事实在可笑，我在外面是一个诚实的人，正直无欺。可我不得不进监狱当一个骗子。

168 外景，监狱后院，黄昏，1965

---

8 美国电影《我的朋友叫哈维》（Harvey）中的角色。——译者注

瑞德：这会让你困扰吗？

安迪：我不是主谋，瑞德，我只是帮他处理收益。也许这就是分别。同时我还建造了图书馆，在那里帮十几个狱友获得中学文凭。你说监狱长为什么会允许我做这些？

瑞德：为了让你甘心帮他清洗，不过不是洗床单，而是洗钱。

安迪：我工作得很廉价，这就是交易。

两声短促的警报声把他们的注意力吸引到监狱大门。大门摇晃着打开，镜头中出现一辆等在门外的囚车。

169 内景，囚车，黄昏，1965

汤米·威廉姆斯与其他犯人坐在囚车上，他是一个二十多岁的英俊小伙。囚车隆隆驶进大门。

170 外景，监狱后院，黄昏，1965

新犯下车，被锁链连成一排。老犯人摇动围栏，大声笑骂。喧闹声震耳欲聋。

171 内景，八号监区，夜晚，1965

汤米和其他人光着身子，哆嗦着列队前行，满身除虱药粉，耳边全是辱骂与嘲笑。

172 内景，汤米的牢房，夜晚，1965

牢门"哐啷"一声锁上，汤米和他的新狱友们来到新的环境。

汤米：好嘛，这他妈是给人住的吗？

173　内景，监狱走廊，日间，1965

镜头跟拍汤米，他留着鸭尾式的发型，耳朵上夹着香烟，一路招摇而来。（这里的配乐一定要用考斯特乐队或戴尔·维京乐队，或者是杰瑞·李·刘易斯的作品。）

瑞德（独白）：汤米·威廉姆斯于1965年来到肖申克监狱，因入室盗窃判刑两年。警察抓住他时，他刚把一台电视机搬出JC·佩尼商店的后门。

174　内景，木工车间，日间，1965

轰鸣的电锯切割着十英尺长的木料。瑞德操作机器，另外一些老犯人往机器上运送木头。

瑞德（独白）：他是一个小痞子，摇滚先生，极其嚣张……

汤米把锯好的木头搬下传送带并码放整齐，这是一件能把人累散架的活儿，但他就像玩儿似的。

汤米（拍打手套）：加油，老家伙们！看你们那慢腾腾的样儿！显得我多笨似的！

老家伙们笑着摇头。

瑞德（独白）：我们很快就喜欢上了他。

175　内景，食堂，日间，1965

汤米正向大家吹嘘他的事迹：

汤米：……于是我退出门，对吧？就这样抱着电视……（伸手比画着）它太大了，什么都看不到。忽然听到一个声音："小子，站住！举起手来！"我还是抱着那台电视，那个声音问："听到我说的了吗？小子！"我说："是的，先生，听得清清楚楚。不过要是我把这破玩意儿丢下，你就要给我多加一条毁坏财物罪啦！"

满座笑倒。

176　内景，图书馆，日间，1965

汤米、安迪、瑞德和其他人。

海伍德：你还在凯什曼监狱待过？

汤米：是啊。那是一段轻松的日子，跟你说吧，工作有序，周末还可以休息，跟这儿大不一样。

斯诺兹：听着好像你坐遍了新英格兰地区的监狱。

汤米：我从十三岁起就是监狱常客，只要你能说出的地方，可能我都待过。

安迪：也许你该考虑换个工作了。（牌局暂停）我是说，你看着并不像个出色的贼，也许你该试着干点别的。

汤米：你他妈知道什么，卡蓬[9]？你是为什么进来的？

安迪（瞥了瑞德一眼）：这儿每个人都是无辜的，你不知道么？

9　美国著名的黑帮教父。——译者注

紧张消除，众人大笑。

177 内景，探访室，日间，1965

镜头扫过整个房间。一片混乱。犯人们要么在排队等候，要么在跟探访者隔着厚厚的有机玻璃窗交谈着。

  瑞德（独白）：后来我们才知道，汤米有一位年轻太太和一个刚出生不久的女儿……

汤米坐在探访区一头，把话筒拿在耳边。对面是眼含热泪的贝丝，她正被膝上的婴儿弄得心烦意乱。

  贝丝：……说我们可以跟他们住在一起，但乔伊下个月就要退役了，房间本来就不够。再加上爸爸的工作不断轮换，孩子整夜哭叫。真不知道我们还能去哪儿……

镜头拉近。汤米正在倾听。

  瑞德（独白）：也许是想到她们流落街头，或孩子长大以后不认识自己的爸爸……

178 内景，图书馆，日间，1965

汤米忧心忡忡地走进来，之前的气焰消失无踪。他看到安迪在整理卡片。

  瑞德（独白）：不管什么原因，总之这孩子火烧屁股坐不住了。

  汤米：我想也许我也能试着学学中学课程。听说你已经帮好些家伙弄到了文凭。

安迪：我可不想把时间浪费在废物身上，汤米。

　　汤米（激动地）：我他妈不是废物！

　　安迪：那就好。不过一旦开始，就要坚持到底，百分之百地努力，绝不能半途而废。

汤米想了想，点点头。

　　汤米：可是……（凑过来低声地）……我不大认识字。

　　安迪（微笑）：嗯，那你来对地方了。

179　内景，图书馆，日间，1965

安迪饱含热情地朗诵：

　　安迪："照在它身上的灯光把它的阴影投射在地板；而我的灵魂，会从那团在地板上漂浮的阴影中，解脱么——永不复焉！"[10]

安迪用力合上书本，显得极为陶醉。

　　汤米：所以那只乌鸦就坐在那里，再也没有离开吗？

　　安迪：没错。

　　汤米（敲打桌面）：为什么那家伙不弄把十二号枪，一枪轰掉那狗日的？

180　内景，图书馆，日间，1965

　　在安迪注视下，汤米费力地读着：

---

[10] 安迪朗诵的是爱伦·坡的名作《乌鸦》，曹明伦译。——译者注

汤米：那猫……那猫……（抬起头）那猫在进门的垫子上拉屎？

安迪摇摇头。

安迪：不全对。

181 **内景，图书馆，日间，1965**

安迪用粉笔在黑板上抄写字母表。

瑞德（独白）：就这样，安迪带着汤米，从基础的 ABC 学起……

182 **内景，食堂，日间，1965**

镜头沿着桌子移动拍摄，汤米和安迪正在讨论一本书。

瑞德（独白）：汤米学得很快，这孩子从不知道自己还这么有脑子。

183 **外景，操场看台，日间，1965**

汤米：那猫晃……晃动着树干，悄悄地爬……爬上树枝……

184 **内景，木工车间，日间，1965**

汤米心无旁骛地读书，嘴里念念有词。身后传送带上的木头越积越多。

瑞德（独白）：再过些日子，你就很难从他手上把书夺走了。

瑞德：把屁股给我转回来，小子！你拖我们后腿了！

汤米把书塞进身后的口袋，赶紧忙活起来。

185 **内景，图书馆，日间，1965**

汤米在黑板上写了一个句子,安迪走上前,给他示范如何造句。

瑞德(独白):不久,安迪开始按他的进度设定课程。他真的喜欢那孩子,这是原因之一。帮助年轻人爬出泥潭让他兴奋。但这并不是唯一的原因……

186 内景,安迪的牢房,夜晚,1966

近距离拍摄棋盘。大多数棋子都已完成。镜头摇至安迪,他正躺在床上细心地打磨棋子……

瑞德(独白):监狱里的时间异常缓慢,有时感觉就像停止了。所以你要想尽办法来消磨时间……

……镜头缓缓摇拍安迪的牢房。洗脸池、马桶、书。栅窗外又一辆火车在黑夜中驶过……

瑞德(独白):有人集邮,有人用火柴搭房子,安迪建造图书馆。现在他需要一个新的项目,汤米。这和他旷日持久地打磨那些石头是同一个道理。他在墙上挂上那些梦中女神也是同样的道理。

镜头继续摇拍,从椅子到挂钩上的毛衣……最后停在墙上那一方尊贵之地……

瑞德(独白):在监狱里,人们会想尽办法不让自己闲着。

……最新的海报是身穿兽皮比基尼的拉奎尔·韦尔奇。照片极为炫目。上面写着"史前一百万年"。镜头缓缓推进。

瑞德(独白):到1966年,就在汤米准备参加考试的时候,海报换成了可爱的拉奎尔。

187 内景，图书馆，日间，1966

汤米正在参加考试。安迪在旁计时。四周寂静无声，除了汤米"嚓嚓"的写字声。几个老犯人在书架前闲逛，不时偷瞄一眼。汤米尽量不看他们，专心做题。

安迪清清嗓子：时间到。汤米搁下铅笔。

安迪：还好吗？

汤米：好，好个屁！（厌烦地站起来）为了这狗屁玩意儿，我他妈浪费了整整一年的时间！

安迪：也许不像你想的那么糟。

汤米：比我想的还要糟！我他妈什么都没弄对！这简直就是中文。

安迪：我们先看看分数吧。

汤米：我来告诉你那该死的分数……

汤米抓起卷子揉成一团，狠狠地扔进垃圾桶。

汤米：两分！就在那儿！那就是你的该死的分数。（拂袖而去）该死的猫爬树，5乘5等于25，去他妈的这个地方！操！

汤米走远了，瑞德他们目瞪口呆。安迪起身，从垃圾桶里拿出试卷，放在桌上抚平。

188　内景，木工车间，日间，1966

休息时间，汤米和瑞德呷着可乐。

汤米：我感觉糟透了，我辜负了他。

瑞德：胡说什么，孩子，他以你为荣，就像骄傲的老母鸡看着它的孩子。（不看汤米的表情）我们是老朋友了，我比任何人都了解他。

汤米：那家伙真聪明，不是吗？

瑞德：聪明极了。他以前是银行家。

汤米：那他为什么会到这儿来？

瑞德：谋杀。

汤米：瞎扯。

瑞德：看外表绝对想不到。他妻子和高尔夫教练私通，被他捉奸在床，然后他把他们俩全干掉了。好了，孩子，回去干活。

忽然"哐啷"一声响。瑞德转身，发现汤米的可乐瓶从手中滑落，掉在地上摔得粉碎。这孩子脸白如纸。

汤米（喃喃自语）：哦，上帝……

189　内景，图书馆，日间，1966

汤米坐在安迪和瑞德面前：

汤米：大约四年前，我在托马斯顿监狱服刑。我偷了一辆车，被判处两到三年的刑期。真是蠢透了。（拍打桌子）出狱前的几个月，来了一个新狱友叫埃尔默·布赖奇，一个神叨叨的王八蛋，长着一双疯狂的眼睛，他就是你祈祷永远不要遇到的那种人，懂我的意思吧？他持械抢劫，判了六到十二年，常常吹牛说他干过几百票案子。很难想象他那个极度紧张的模样，屁大点声音就会把他吓得四处乱蹦。还有就是这家伙总在喋喋不休地说话，从来不肯闭嘴。说他去过的那些地方、干过的那些勾当、操过的那些女人，甚至说自己杀过人，就因为那些人把他当成傻逼，这是他的原话。一天晚上，我半开玩笑地问他：真的吗？你杀过谁？他就说……

190　内景，牢房，托马斯顿监狱，夜晚，1962

布赖奇：……有次我在一家乡村俱乐部当招待，就是为了摸清那些有钱的傻逼们的底细。我挑中了一个家伙，晚上摸进他家，他醒来后还当我是个傻逼，于是我就杀了他，还有他的那个迷人的婊子。（大笑）这是最精彩的部分，她正和那个傻逼干着呢，就是那个高尔夫教练，但她却另有丈夫！什么了不起的银行家，最后他成了替罪羊，关在缅因州的某个地方熬苦窑。你说我这挑得好不好？

他笑得前仰后合。

191　内景，图书馆，日间，1966

一片寂静。汤米讲完了，瑞德僵在当场……安迪的表情就像挨了一记闷棍。

瑞德：安迪？

安迪一声不吭，木然走开，连头都不回。

192　内景，诺顿办公室，日间，1966

诺顿：嗯，我不得不说这是我听过的最令人震惊的故事。更让我震惊的是你居然信了。

安迪：先生？

诺顿：很显然，这个叫威廉姆斯的小伙子被你打动了。听说了你的惨剧，他很自然地想让你高兴起来。他还年轻，也不够聪明，我相信他不知道这会让你陷入什么样的境地。

安迪：我认为他说的是真的。

诺顿：让我们假设真有布赖奇这个人，但你认为他会双膝跪倒坦承事实吗？"没错，是我干的！我坦白！请无论如何给我加一个终身监禁！"

安迪：那并不重要，有汤米的证词，我可以申请重审。

诺顿：这只能基于一个假设，假设布赖奇还在服刑，现在几乎可以确定他已经刑满释放了，绝对是。

安迪：他们一定掌握了他最后的地址，还有他亲戚的名字……（诺顿摇头）……还有机会，不是吗？您怎么可以这么迟钝？

诺顿：什么？你说我什么？

安迪：迟钝！您是不是在故意装糊涂？那家乡村俱乐部有他的记录！税单上有他的名字！

诺顿（站起身）：杜弗雷，如果你愿意沉迷幻想，那是你的事。别把我扯进去。谈话到此结束。

安迪：如果您认为我是在敲诈您，放心吧。我永远不会把这里的事说出来，洗钱的事一旦败露，我和您一样麻烦！

诺顿：永远不要跟我提钱，你这狗娘养的王八蛋！不光是在这间办公室，在任何地方都不准提！（拍打对讲机）来人，马上！

安迪：我没有别的意思，只是想让您放宽心。

（守卫进来）

诺顿：禁闭！一个月！

安迪被拖走，他挣扎着叫喊：

安迪：您这是怎么了？这是我出去的机会，您不知道吗？这事关系到我的一生！您明不明白，这是我的一生？

193 外景，监狱后院，日间，1966

分发邮件时间。犯人们聚在一起，听着一个又一个名字被叫到。瑞德和同伴们待在看台上。

弗洛伊德：要在那洞里关一个月，这是我他妈听过的最长的时间。

汤米：都怪我。

瑞德：胡说。又不是你开的枪，也不是你宣判他有罪。

海伍德：瑞德？你说安迪是无辜的吗？我是说真的无辜。（瑞德点头）老天！他到这儿多长时间了？

瑞德：1947年开始，已经十九年了。

邮件传唤员：托马斯·威廉姆斯。

汤米举起手，信件飞了过来。汤米目不转睛地看着这封信，瑞德从他身后瞄了一眼。

瑞德：教育委员会。

汤米：那王八蛋到底还是把它寄出去了。

瑞德：看来是的。你是想打开它，还是站在那里干瞪眼？

汤米：还是干瞪眼好了。

老家伙们蜂拥而来，瑞德一把将信夺走。

汤米：别，扔了它吧，求你了，扔了好吗？

瑞德撕开信封，面无表情地浏览着内容。

瑞德：嘿，他妈的！

194 内景，探访室，日间，1966

汤米从一片嘈杂中走出，找到有机玻璃窗后面的贝丝和孩子。他坐下，却没有拿起话筒，只是直盯盯地看着贝丝，贝丝茫然不知所措。

汤米把一张纸贴在玻璃上。是一张高中文凭。她的脸瞬间焕发光彩，眼中有泪光闪烁。

195 内景，禁闭室大门，夜晚，1966

低角度仰拍铁门。安迪在门后不可见的某处，墙上有老鼠跑过。有脚步声缓缓而来。

196 内景，禁闭室，夜晚，1966

安迪在黑暗中侧耳静听，脚步声及门而止。门上的小缝开启，一个上了年纪的守卫从外面望进来。

  老年守卫：那孩子通过了，平均成绩 C+，我想你会很高兴听到这个。

小缝关闭，脚步声渐渐远去，安迪微笑。

197 内景，监狱走廊，夜晚，1966

镜头中的汤米做着夜班工作，拎着水桶擦洗地板。米尔特·恩特威斯托走进镜头。

  米尔特：典狱长想找你谈谈。

198 外景，监狱外，夜晚，1966

铁门"嘎吱"打开。米尔特把汤米带出铁门，走到监狱大门前，打开锁。汤米四处张望。

  汤米：在外面？

  米尔特：他是这么说的。

米尔特推开大门让汤米通过，然后转身走了回去。汤米穿过卸货区，几辆车停在那儿。这地方颇为冷清,汤米听到一点动静,他停了下来。

  汤米:是典狱长吗?

诺顿走到灯光下。

  诺顿:汤米,我们遇到一点状况,我想你能明白。

  汤米:是的先生,当然明白。

  诺顿:告诉你吧,孩子,这事搞得我心烦意乱,夜不成眠,这是真话。

诺顿掏出一包烟,示意汤米同吸,汤米拿过一支。诺顿给两人点上火,把打火机放进兜里。

  诺顿:有时我们很难搞清什么才是明智的决定,明白吗?(汤米点头)好好想一想,汤米。如果我要作出决定,就不能有丝毫怀疑。我必须搞清楚你告诉杜弗雷的是不是真话。

  汤米:是,先生,绝对是真的。

  诺顿:你愿意在法官和陪审团面前发誓吗?你愿意把你的手放在《圣经》上,对着全能的上帝起誓吗?

  汤米:我无比渴望能有这样的机会。

  诺顿:那也正是我想的。

诺顿扔掉香烟,用鞋尖碾碎,然后望向牌照车间的屋顶——

199 从房顶俯拍(狙击手的视线)

——镜头中突然出现一只步枪瞄准镜，汤米的身影被放大，框在十字准线中央。

200 狙击手快速扣动扳机——砰！砰！砰！——枪口的光亮照出了他的样貌，是哈德利队长。

201 汤米接连中枪，抽搐倒地，身体蜷缩，大睁着两眼死去。他脸上依然带着惊恐的表情。诺顿转过身，缓缓地走进黑暗之中。

202 **内景，禁闭室大门，日间，1966**

守卫走过来打开禁闭室的门。安迪慢慢走出，在刺眼的光线下痛苦地眨着眼。

203 **内/外景，监狱，日间，1966**

安迪向前行进，犯人们驻足观望。

204 **内景，诺顿办公室，日间，1966**

安迪被带进办公室，门关上，屋里只有他和诺顿。

诺顿（轻声地）：真可怕，他那么年轻，还剩不到一年就可以出去了，他却想越狱。射杀他让哈德利队长伤透了心，真的。

安迪：我不干了，一切都结束了。让布洛克税务公司[11]来公开你的收入吧。

诺顿猛地站起，眼中怒火万丈。

诺顿：什么都不会结束！不会！否则我就让你生不如死！再也

---

11 美国最大的保税服务公司，成立于1955年。——译者注

没有守卫的保护，我会把你从那个舒舒服服的单人间拖出来，让你跟那个我能找到的，最野蛮也最强壮的鸡奸犯住在一起。你会感觉自己被一列火车操了！图书馆，没了！我要一块砖一块砖地把它封掉，然后把书堆在院子里烧烤！几英里外都能看到火光！我们会像野蛮的印第安人一样围着火堆跳舞！你明白吗？懂我的意思吗？

镜头缓缓推进。安迪双眼失神，挫败的表情足以说明一切……

205 外景，监狱后院，日间，1966

瑞德看到安迪坐在高墙的阴影中，无精打采地拨弄着土里的鹅卵石。瑞德等了半天，安迪头都不抬。瑞德走到他身边蹲下，两人久久无话。最后：

安迪（轻声地）：我妻子过去常说我是个很难接近的人，像一本合上的书。她总是抱怨。（停顿）她很漂亮，我爱她，但是我可能不太会表达。（轻轻地）是我杀了她，瑞德。

安迪终于看了瑞德一眼，等他的反应。瑞德没说话。

安迪：虽然我没有开枪，但是我把她赶走的。所以她才会死。因为我，也因为我对待她的方式。

瑞德：你也许不是个好丈夫，但这并不能说明你就是凶手。

安迪下意识地笑了笑，瑞德摇摇他的肩膀。

瑞德：你可以为此而难过，但毕竟不是你开的枪。

安迪：没错，不是我开的枪。别人杀了她，我却在这里受罪。

我想是运气不好吧。

瑞德：运气不好？什么话！

安迪：厄运无处不在，它总会击中某个人。就像风暴来临，一些人坐在客厅里赏雨，隔壁的房子却被摧毁。这次轮到我了，如此而已。我被卷进了风暴中心。（轻轻地）只是没想到风暴会持续这么久。（看看瑞德）你觉得自己还能出去吗？

瑞德：当然。等到胡子变白，又痴又呆的时候。

安迪：告诉你吧，我会去芝华塔尼欧。

瑞德：芝华塔尼欧？

安迪：在墨西哥。太平洋上的一个小地方。你知道墨西哥人是怎么说太平洋的吗？他们说那是一片没有回忆的海洋。那就是我打算度过余生的地方，瑞德，一个温暖的没有回忆的地方。在海边开一家小旅馆，买几艘不值钱的破船，并且翻修一新，租给我的客人出海钓鱼。（停顿）要知道，在那样的地方，我需要一个能帮我搞到东西的人。

瑞德看着安迪大笑。

瑞德：算了吧，安迪，到了外面我就不灵啦。我在这儿待得太久了，早就被体制化了，就像老布鲁克斯·哈特伦。

安迪：你太小看自己了。

瑞德：废话。在这儿我能帮你搞到东西，可到了外面，一本电话簿就足够了。我甚至不知道该从哪里着手。（嘲弄地哼了一声）

太平洋？见鬼。那么大的地方，还不把我吓死！

安迪：我不会这么想。我没杀妻，也没有杀她的情夫，无论我有什么错，都已经赎清了。一家小旅馆和几条船，这要求并不过分。我要去看看星星，摸摸沙子，在海里走一走，我要感受自由。

瑞德：天杀的！安迪，别说了！千万别让自己陷进去！你说的全是狗屁的梦话！墨西哥远在天边，而你却在这里，这就是现实。

安迪：你说得对，它在天边，我在这里。我想这是一个最简单的选择，真的。要么积极生存，要么赶紧去死。

瑞德瞥了安迪一眼。见鬼，这是什么意思？安迪起身离开，瑞德腾地站起。

瑞德：安迪？

安迪（转过身）：瑞德，如果你能出去，请帮我个忙。巴克斯顿附近有个大草场——你知道巴克斯顿在哪儿吗？

瑞德（点头）：那儿有很多草场。

安迪：有一个很特别。那里有一面很长的石墙，石墙北端有一棵大橡树，就像罗伯特·弗洛斯特诗里的意象。那是我向我妻子求婚的地方，我们去那儿野餐，在橡树下做爱。我问她愿不愿意嫁给我，她说愿意。（停顿）答应我，瑞德，如果能出去，你一定要找到那个地方。你会在墙脚看到一块石头，一块无论如何都不应该在缅因州草场中出现的石头。那是一块黑色的火山玻璃，下面埋着我留给你的东西。

瑞德：是什么？什么东西埋在那里？

安迪：你搬开石头就知道了。

安迪转身离开。

206　内景，食堂，日间，1966

瑞德：跟你们说，那家伙说起话来疯疯癫癫的，我真的很担心他。

斯基特：我们应该盯紧他。

吉格：白天还好说，可到了晚上房里就只剩他一个人了。

海伍德：哦,,。天哪。安迪今天到装卸处找我要了根绳子，六英尺长。

斯诺兹：操！你给他了？

海伍德：当然给了。怎么能不给？

弗洛伊德：老天！还记得布鲁克斯·哈特伦吗？

海伍德：我他妈怎么会知道？

吉格：安迪不会那么做，不会！

他们全都望向瑞德。

瑞德：每个人都有忍耐的极限。

207　外景，监狱后院，镜头锁定扬声器，黄昏，1966

人声（扬声器）：返回牢房，例行晚点名。

镜头快速下拉至瑞德和他的朋友们。犯人纷纷从旁边走过。

  弗洛伊德：他到底在哪儿？

  海伍德：大概还在典狱长办公室。

  哨塔守卫（通过扬声器）：你们几个！你们没听到广播，还是蠢得听不懂？

  斯基特：天哪！我们该怎么办？

  弗洛伊德：没办法，今晚是不行了。

  海伍德：明天我们一起跟他谈谈。好不好，瑞德？

  瑞德（疑虑重重地）：好，当然，应该这样。

208　内景，诺顿办公室，夜晚，1966

安迪正在忙碌，诺顿探头进来。

  诺顿：麻利点，我要回家了。

  安迪：马上就好，先生。

诺顿走到他太太的刺绣作品前，移开画框，转动密码盘，打开墙上的保险柜。安迪上前把账本和文件放进去，诺顿锁上保险柜。

  安迪：今晚有三笔存款。

安迪递过信封，诺顿走向门口。

  诺顿：把我的衣服送到洗衣房。把皮鞋擦亮，像镜子一样亮。（在门口停住）你能回来太好了,安迪,这地方没你真不行。

诺顿走出办公室,安迪转向那堆待洗的衣物。他打开鞋盒,里面是一双上好的正装皮鞋。安迪看看自己脚上那双破破烂烂的工鞋,叹了口气。

209 内景,诺顿办公室,夜晚,1966

安迪专心致志地擦鞋。

210 内景,监狱走廊,夜晚,1966

安迪步履沉重地走过长廊,肩上搭着待洗的衣物。

211 内景,五号监区,夜晚,1966

安迪对守卫点点头,守卫放他进去。

212 内景,瑞德的牢房,夜晚,1966

瑞德听到安迪走近,他走到铁栅前,看着安迪走到二楼停在自己的牢房前。

  守卫（画外音）：打开十二号牢房。

安迪直直地望着瑞德,两人目光相接。瑞德摇摇头：千万不要。安迪异常平静地微笑……安迪走进牢房,牢门"哐啷"关上。

  定格：瑞德的脸。

213 内景,安迪的牢房,夜晚,1966

安迪正在打磨棋子。

人声（画外音）：熄灯！

灯熄了。安迪停止打磨，欣赏着手中的棋子。一个卒子。他把它与其他的棋子放到一起——这是棋盘上的最后一枚棋子，现在已经是一副完整的象棋了。

安迪看着墙上的拉奎尔微笑起来。他从枕头下拉出一根六英尺长的绳子，放在地板上展开。

214　内景，瑞德的牢房，夜晚，1966

瑞德无比紧张地坐在黑暗中，努力让自己平静下来。他生怕自己会放声尖叫、颤抖不止。时间缓缓流逝，每一秒都那么漫长。

　　瑞德（独白）：我曾经有过一些漫长煎熬的夜晚，独自坐在黑暗中胡思乱想，却什么都抓不住。时间就如刀锋，缓缓划过……

闪电划过窗外，在牢房中映出铁栅颤抖的阴影，风暴将至。

　　瑞德（独白）：这是我一生中最漫长的一夜……

215　内景，五号监区，早晨，1966

中控门锁"哐啷"打开，犯人们走出牢房等待点名。瑞德回头，想看看安迪是否在队列之中。他不在。点名突然中断。

　　守卫：二楼少了一个！十二号牢房！

守卫头目黑格查看名单：

　　黑格：杜弗雷？滚出来，小子！别耽误工夫！（无人回应）别逼我过去找你，否则我就敲碎你的脑袋！

还是无人回应。黑格大瞪双眼，拿着点名册怒气冲冲地走下来，一群手下跟在他身后。

　　黑格：杜弗雷，你他妈的，你他妈敢跟我找碴！你要是没病没死，我就要你好看！

他们来到铁栅栏前，神色顿时一变，如雷轰顶。

　　黑格（轻轻地）：噢，老天爷！

216　镜头反转

房中空无一人，每样东西都井井有条地摆在那里，连床铺都叠好了。他们猛地拉开牢门冲进去，慌乱地四处翻查，好像安迪会藏在纸巾或牙膏里。镜头快速移向黑格，他转过身，对着镜头声嘶力竭地大喊：

　　黑格：这他妈是怎么了！

217　内景，诺顿办公室，早晨，1966

诺顿悠闲地看着报纸。他注意到自己的鞋子很脏。他看看桌上的鞋盒，踢掉脚上的脏鞋，打开鞋盒——露出安迪肮脏的工鞋。他愣住了：这他妈的是怎么回事？

警报声响彻整个监狱，他抬起头来。

218　外景，监狱，日间，1966

诺顿和哈德利大步走来，警报长鸣。

　　诺顿：盘查这楼里的每一个人！先从他的朋友开始！

哈德利：谁？

219 内景，五号监区，瑞德的牢房，日间，1966

瑞德看到诺顿带着随从怒气冲天地走过来。

诺顿：他。

瑞德两眼圆睁，卫兵把他拖出牢房。

220 内景，安迪的牢房，日间，1966

诺顿怒不可遏地走到屋子中央。

诺顿："他没在这儿"是什么意思？少废话，黑格！少跟我废话！

黑格：可是，先生！他确实没在这儿，他不在！

诺顿：我看见了，黑格！你以为我瞎了么？那就是你要说的吗？？我瞎了，是不是？

黑格：不，先生！

诺顿一把夺过点名册，奋力扔向哈德利。

诺顿：你呢？你也瞎了？告诉我这是什么！

哈德利：昨晚的点名记录。

诺顿：你能看到杜弗雷的名字吗？我看到了！就在这儿，看啊，"杜弗雷"。熄灯时他还在！所以今天早上他还应该在！去找到他！不是明天，不是早饭以后，现在！

黑格冲出去召集人手，诺顿转向瑞德。

  诺顿：好。

  瑞德：什么好？

  诺顿：我知道你们俩天天一起鬼混，他一定说过什么！

  瑞德：不，先生，他没说过！

诺顿像个狂热的信徒一样张开双臂，在屋里缓缓地转动身体。

  诺顿：主啊！这一定是你的神迹！一个大活人就这么消失了，就像在风中放了一个屁！除了窗台上的烂石头、墙上的骚娘们儿，他什么都没留下！那就让我们来问问她！也许她知道！说吧，毛绒绒的马裤妞儿！想谈谈么？不，你不想。你有什么了不起的？

瑞德与守卫们面面相觑，他们也很紧张。诺顿从窗台抓起一把石头，一块一块地扔到墙上，石头粉碎，诺顿一字一顿地叫道：

  诺顿：这是个阴谋！（扔石头）这就是个阴谋！（扔石头）一个他妈的惊天大阴谋！（扔石头）人人有份！（扔石头）包括她！

他把最后一块石头"嗖"地扔向墙上的拉奎尔。这次石头没有碎。

众人愣住了，每一双眼睛都望向拉奎尔。石子从她身上穿过，在海报上她的肚脐处穿了个小孔。屋里鸦雀无声。诺顿走上前把手指探进小孔，继续往前伸……他的整只手都伸进了墙里。

221 镜头反转，从海报后拍摄

诺顿在镜头前撕下海报。一张张震惊的面孔。镜头缓缓后拉……墙上一条长长的隧道显露出来。

222　内景，安迪的牢房，几分钟后，1966

罗里·特里蒙特，一个看上去只有十几岁的守卫，有人往他身上系了一条绳子，罗里尽可能掩饰住自己的恐慌，同时接受六个人发出的命令。

　　瑞德（独白）：他们命令这个叫罗里·特里蒙特的瘦孩子爬进洞里。他未必最聪明，却是最适合干这活儿的……（有人往他手里塞了一只手电筒）……他自愿前往。

223　内景，隧道，日间，1966

罗里在隧道里匍匐前行。

　　瑞德（独白）：也许觉得自己能得到一枚铜星奖章什么的吧。

224　内景，通风井，日间，1966

通风井中暗如黑夜，两边都是混凝土的高墙。如果把这比喻成两片巨大的面包，那么这个特别的三明治中间的夹肉就是一块三英尺宽的空间，各种管线纵横交错在黑暗的监区之间。罗里出现在镜头中，手电照向通风井。某处有老鼠吱吱地叫着。

　　瑞德（独白）：这是他当上守卫的第三天。

　　罗里：典狱长？墙壁间有空隙，大约三英尺宽。味道臭死了！

　　诺顿（画外音）：我才不管它臭不臭！

哈德利（画外音）：坚持住，孩子！我们会拉住你的！

尽管一点都不高兴，罗里还是爬出了隧道，摇晃着进入通风井。他打着手电往下爬，周围黑得令人窒息，真够受的。

　　罗里：哎呀，越来越臭了！

　　诺顿（画外音）：我说了，别管它！继续！

　　罗里：臭死了，典狱长！闻着就像大粪！

他两脚踩到地面上，或者说他认为那是地面。他错了。事实上，那就是他闻到的东西。他的脚踝先陷了进去，然后他重重地滑倒在里面。

　　罗里：哦，天哪，原来就是，就是屎！我的天哪，就是屎。赶紧把我拉上去，我要吐了！哦，屎，这是屎！我的老——天！

225　内景，安迪的牢房，日间，1966

瑞德和其他人听到下面剧烈的呕吐声。

　　瑞德（独白）：罗里肯定把前面吃的几顿饭都吐出来了。整个监区都能听到他的呕吐声，我是说，这声音一直在狱中回响。

瑞德情不自禁地大笑起来，他疯狂地笑，没命地笑，笑得失去控制，笑得眼泪直淌。诺顿越是愤怒，他笑得就越是厉害。

226　内景，禁闭室大门，夜晚，1966

突如其来的寂静。低角度仰拍铁门。

　　瑞德（独白）：我直接把自己笑进了禁闭室，两星期。

227 内景，禁闭室，夜晚，1966

　　瑞德：是屎，是屎，哦，我的上帝，就是屎……

他又开始哈哈大笑，肚皮都要笑破了。

　　瑞德（独白）：安迪说过在"洞"里也可以很轻松，现在我明白他的意思了。

228 外景，肖申克监狱外，广角镜头，日间，1966

纯朴的田园风光，迷人的乡间公路。几辆闪着警灯的巡逻车突然驶过，一路警笛长鸣。

　　瑞德（独白）：1966年，安迪·杜弗雷从肖申克监狱成功逃脱。

229 外景，野外，日间，1966

距肖申克监狱半英里处，我们的镜头沿着泥泞的溪流前行，一群州警和监狱守卫在灌木丛中搜索行进。有位州警用一根长棍从泥溪中捞出了一套囚服。

　　瑞德（独白）：他们只找到了一套沾满泥浆的囚服，一块肥皂，和一把磨秃的、几乎只剩手柄的石锤。

另一位州警从草丛中捡起石锤，镜头快速移向警方的摄影师，他的闪光灯炫目地拍下：

230 一张黑白照片

照片上，那群倒霉的警察在展示安迪臭烘烘的囚衣和那把磨秃的石锤，镜头推近石锤。

　　　　瑞德（独白）：我曾经说过，拿这把锤子挖墙要花上六百年，
　　　　但安迪只用了不到二十年。

231　内景，安迪的牢房，夜晚，1949

　　画面闪回。安迪拿石锤在墙上刻他的名字。突然，一块巴掌大的水泥落到地上，安迪俯视着它。

232　内景，安迪的牢房，夜晚，1949

　　安迪躺在黑暗中研究着手上的水泥块。思考着各种可能，希望在心头浮现。

　　　　瑞德（独白）：安迪热爱地质学，冰川期、百万年的造山运动、
　　　　千万年间的板块运动……我想这与他一丝不苟的性格有关。

233　内景，安迪的牢房，夜晚，1949

　　安迪站在那里，看着水泥块脱落后留下的那个小洞，他小心地把指尖放上去。

　　　　瑞德（独白）：地质学研究时间和压力。这也是安迪所需要的。
　　　　真的，时间和压力。

234　内景，安迪的牢房，夜晚，1951

　　现在丽塔已经挂到了墙上，海报的下端搭在安迪后背上。

　　　　瑞德（独白）：再加上一张足够大的海报。

　　镜头推进，安迪正在耐心地挖墙。

瑞德（独白）：就像我说过的，狱中的人们会做各种各样的事情来消磨时间。

安迪听到有人走近，迅速抚平海报，扑到床上。很快，一个守卫走过来，拿手电照向房内。

235 外景，监狱后院，日间，1953

安迪两手插兜，轻轻地吹着口哨在院里散步。镜头斜拉至他的裤腿，混凝土碎末不断洒落出来。

瑞德（独白）：事实证明，安迪最大的爱好就是把他的墙一把一把地运到操场上……

236 内景，二楼，夜晚，1962

守卫在楼上慢悠悠地逛着，拿着手电巡视牢房。他在安迪的铁栏前停步，手电光照着毯子下那团人形的东西。

237 镜头反转（从安迪的牢房中拍摄）

从这个角度，我们能看到守卫看不到的东西：毯子下不是安迪的脑袋，而是一个卷起的枕头。手电光扫过整个牢房，玛丽莲·梦露出现在光圈之中。

238 从海报后拍摄

光柱透过海报照亮了梦露的脸，画面扩展，安迪屏住呼吸仰卧在隧道中。接着手电"咔嗒"熄灭，脚步声渐渐远去，安迪继续挖墙。

瑞德（独白）：我们这些人睡觉的时候，安迪加了许多年的夜班……

239 内景，通风井，夜晚，1965

隆隆的声响缓缓自井底传来，管道上老鼠乱窜。一块硬币大小的水泥块突然松动，直落井底，一把石锤从墙中伸出，很快又收了回去，接着是安迪探寻的目光。

240 一系列溶镜（1965—1966）

墙上的洞渐渐扩大。先是茶杯大小，然后是碟子大小，然后像大餐盘那么大。

瑞德（独白）：也许光让脑袋通过就要花去他将近一年的时间。

安迪擦伤了耳朵，但终于把头伸出了洞口。他咬着一支小手电筒俯视通风井，就在井底，大约20英尺深的地方，一根粗大的陶瓷管道横在监区之间。厚厚的尘垢覆盖其上，下面印着"下水道"字样。

241 外景，装卸处入口，夜晚，1966

垂直拍摄。镜头下方，汤米·威廉姆斯俯卧在诺顿脚边，鲜血在道路上四散流淌。诺顿转过身，缓步走出画面。

瑞德（独白）：我想汤米被杀之后，安迪才下定决心，他已经在这里待得够久了。

242 内景，诺顿办公室，夜晚，1966

闪回：安迪伏案工作，诺顿探头进来。

诺顿：麻利点，我要回家了。

安迪：马上就好，先生。

诺顿走向墙上的保险柜，转动密码盘，他背朝镜头。但这次，我们只盯着安迪。

安迪拉起毛衣，拿出一本黑色的书和一堆文件放在桌子上，把真正的账本和文件塞进裤子，然后抻直毛衣。他拿起那堆假文件走向诺顿，把它们全都塞进保险柜。

243　内景，监狱走廊，夜晚，1966

诺顿走出办公室，吹着口哨缓步离开。镜头推进，门内的安迪坐在守卫桌前，从鞋盒中拿出诺顿的皮鞋。

瑞德（独白）：就像诺顿吩咐的，安迪把那双鞋擦得像镜子一样亮。

244　内景，诺顿办公室，几分钟后，1966

安迪拨拉着诺顿的三套西装。他停下手，仔细查看灰色细纹的那套：真不错。

245　内景，五号监区，夜晚，1966

守卫打开门，安迪迎向镜头走来。

瑞德（独白）：守卫没注意，我也没有。我是说，真的，你怎么会注意一个男人穿什么鞋呢？

安迪从旁经过。镜头斜拉。没错，他穿的正是诺顿的皮鞋。

246　内景，安迪的牢房，夜晚，1966

灯熄了，安迪摆好最后的棋子，仰望着墙上的拉奎尔微笑起来。他从枕头下拿出绳子，起身解开囚服的扣子，露出诺顿的灰色细纹套装。闪电划过，照彻整间牢房，四周影魅绰绰。

247 内景，安迪的牢房，夜晚，1966

风雨大作。安迪赤身裸体，小心地将叠好的西服装进一个大密封袋中，接着是皮鞋、棋子（已经装在一个小袋中）、黑色账本和那些文件。最后也是最重要的，一块裹在毛巾里的肥皂。

248 内景，隧道，夜晚，1966

安迪重新穿上囚服，在隧道中一寸一寸地往前爬。

249 内景，通风井，夜晚，1966

安迪爬出隧道，先是头，然后是腰。他摸到了对面那堵墙，设法去抓住一根钢管。

突然，一只硕大的老鼠飞快地从他的手上跑过，安迪猛地缩手，差点栽下去。他身体摇晃着、手臂挥舞着倒悬了一会儿，然后双手用力抵住对面的墙。老鼠飞快地跑开：真可恶。

安迪再次抓住钢管，歪歪扭扭地爬出洞口，摇摇晃晃地进入通风井。现在知道绳子的用处了：那个塑料袋就系在他的脚踝上，垂下大约两英尺。他踢动双腿找到落脚点。然后用后背抵住墙，双脚蹬住另一面墙，两手扶在管道上，开始极其危险地往下出溜，还要躲开那些在黑暗中四处乱窜的耗子。离井底还有几英尺时，他"扑通"一声跌了下来。

他跪在陶瓷下水管前，拿出石锤，做了一个无声而简洁的祷告。他高举石锤，奋力砸下。一下，两下——第三下成功了。一股粪水如火箭发射般冲天而起，一座喷着大粪的圣海伦火山。安迪淋了一身。他转身呕吐，内脏都快吐出来了。粪水继续喷涌。

250　内景，下水道，夜晚，1966

安迪晃动着小手电向洞里望去。下水道的内径不到两英尺，空间狭小，秽物充塞，看上去长达几英里。但此时已不能回头。安迪扭动着身体钻进管道，拖着身后的塑料袋向前爬行。

　　瑞德（独白）：那是一段恶臭的粪便之路，足有五百码，安迪通过它爬向自由。我很难想象，或者我压根就不愿去想。

251　外景，旷野，夜晚，1966

大雨滔滔泻落，距肖申克监狱半英里处，镜头下拉，俯拍小溪……镜头继续向肖申克推进，直至下水道的排污口，污水由此排入河中。

　　瑞德（独白）：五百码，五个足球场的长度，几近半英里。

几根手指从排污口的铁丝网眼中伸出来，安迪的脸在黑暗中突然出现，他打量着外面那个自由的世界。他撬开铁丝网，钻出下水道，一头扎进水里。他钻出水面，吐水呼吸。水深及腰。

他溯流而上，撕扯着身上的衣服，他脱下衬衫，在头顶上挥舞，奋力扔远。他举手向天，在雨中缓缓转动，感觉自己被洗刷一新。他欣悦，狂喜。闪电照彻夜空。

252　内景，隧道，日间，1966

闪回。镜头从隧道中拉回，再次看到那一张张震惊的面孔。

瑞德（独白）：第二天早上，就在拉奎尔的小秘密暴露之时……

253 内景，波特兰凯斯科银行，早晨，1966

大门打开，一双锃亮的皮鞋走了进来，镜头跟随它走到柜台前。

瑞德（独白）：……一个从来没人见过的男人走进波特兰凯斯科银行，在那一刻之前，他并不存在——除了在文件上。

女出纳（画外音）：需要什么服务吗？

镜头上摇，安迪身穿诺顿的灰条细纹套装，微微地笑着。

安迪：我是皮特·斯蒂文斯，我想注销一些账户。

254 内景，银行，稍后，1966

出纳员开具现金本票，银行经理仔细地检查斯蒂文斯先生的各种文件。

瑞德（独白）：他拥有全部合法文件：驾照、出生证、社保卡。签名完全吻合。

银行经理：我必须说我们很遗憾失去您这样一位客户。祝您在国外快乐幸福。

安迪：谢谢您。我相信我一定会幸福。

出纳员：这是您的现金本票，先生。还需要其他什么服务吗？

安迪：是的，请帮我把这个寄出去。

他把一个写好地址、贴好邮票的包裹递给出纳，留给他们一个愉快的微笑，转身走出银行。

　　瑞德（独白）：那天早晨，斯蒂文斯先生走访了波特兰区十来家银行，一共提走了诺顿监狱长37万美金。这是安迪19年的"遣散费"。

255　内景，办公室，日间，1966

穿衬衫的男人在查看桌上的邮件。他看到了安迪的包裹，撕开，拿出黑色账本和那些文件。他快速读完了附信：哦，该死的。他冲过去猛地拉开门，门玻璃上有一行字：波特兰号角日报——总编辑。

　　男人：哈尔！戴夫！马上给我过来！

256　内景，肖申克监狱，日间，1966

诺顿慢腾腾走向办公室，感觉一阵阵天旋地转。他拿着报纸，一言不发地走过值班守卫身旁，走进办公室，关上门，把报纸丢在桌上。

大标题："肖申克监狱的腐败与谋杀"，下面是副标题："检察官已掌握罪证，即将提出检控"。诺顿抬头望向窗外，听到警笛声远远传来。

257　外景，肖申克监狱，广角镜头，日间，1966

又一次，州警巡逻车闪着警灯、鸣着警笛疾驶而来。

258　内景，诺顿办公室，日间，1966

诺顿打开保险箱，拿出"账本"——安迪的《圣经》。扉页上写着："亲爱的典狱长，你说得对。救赎之道，就在其中。"诺顿翻到书的中间，发现书页已被挖空成石锤的模样。

259 外景，监狱，日间，1966

监狱前停满警车，媒体云集。记者们互相推挤着抢占有利位置。一位面无表情的地方检察官走进镜头，两侧是全副武装的州警。

> 检察官：拜伦·哈德利？

镜头转向哈德利队长。他怔怔地站着，等待着自己的命运。

> 检察官：你有权保持缄默。如果你放弃此权利，你所说的一切将会成为呈堂证供……

州警拥进来，从背后铐住哈德利的双手。检察官继续宣读，闪光灯"砰砰"闪烁，哈德利一言未发，瘪着嘴哭了起来。

> 瑞德（独白）：当时我不在场，听说拜伦·哈德利被捕时哭得像个小姑娘。

哈德利一路哭着上了车。检察官抬头扫了诺顿的窗户一眼，示意手下跟上。

260 内景，诺顿办公室，日间，1966

诺顿从窗户中看到他们走了过来。他坐回办公桌前，拉开抽屉，里面有一把左轮手枪和一盒子弹。

> 瑞德（独白）：诺顿不想无声无息地离开。

261 内景，监狱走廊，日间，1966

地方检察官在一群州警的簇拥下大步向前。

262 内景，诺顿办公室，日间，1966

诺顿茫然地坐在桌前，左轮手枪就在他面前。门把手"咔嗒"转动，一个声音传来：

    检察官（画外音）：塞缪尔·诺顿？我们有逮捕令，开门！

外面响起重重的敲门声。诺顿把那盒子弹倒在桌上，拨拉着挑选合他心意的。

263 诺顿办公室外

州警把倒霉的值班守卫推到门前，后者颤抖着摸出一大串钥匙。

    值班警卫：我也不知道是哪一把……

他开始尝试不同的钥匙，当钥匙一把接一把地插入锁孔……

264 内景，诺顿办公室，日间，1966

……子弹也是一颗接一颗地装进枪膛。诺顿盯着大门，外面每换一把钥匙，他就装上一颗子弹，动作沉着而冷酷。当那把正确的钥匙插入锁孔时，他刚好装入最后一颗子弹。大门轰然推开，人们一拥而进，诺顿举起手枪，州警迅速卧倒。诺顿将枪顶在自己下颚上，然后他的头猛然后仰，鲜血飞溅，染红了身后的墙壁。他的转椅缓缓地转了半圈，"嘎吱"一声停了下来。州警们慢慢站起，惊恐地看着这一幕。

    瑞德（独白）：我总觉得，最后停留在诺顿脑海中的……不仅是那颗子弹……还有，安迪·杜弗雷是怎么打败他的。

镜头缓缓推向墙上的诺顿夫人的刺绣作品，鲜血和脑浆从上面滴落……这是影片最后一条《圣经》教诲："主的审判即将降临"。

265 外景，监狱后院，日间，1966

分发邮件时间。瑞德听到自己的名字，有人递给他一张明信片。

> 瑞德（独白）：典狱长垮台不久，我收到了一张明信片。上面什么都没写，只有一个邮戳：得克萨斯州，麦克纳瑞。

266 内景，图书馆，日间，1966

瑞德拿着一本地图册，他的手指在地图上搜寻并停在最下方。

> 瑞德（独白）：麦克纳瑞，就在边境上，安迪由此越过国界。（合上地图册）每当我想起他开着自己的车穿越美国边境，我总会一再大笑……

267 外景，墨西哥，高速公路，日间，1966

一辆红色敞篷车疾驰而过。安迪手握方向盘，叼着雪茄，温暖的风吹拂着他的领带。

> 瑞德（独白）：安迪·杜弗雷，涉过肮脏的河流，在彼岸洗净重生。安迪·杜弗雷，奔向太平洋。

268 内景，食堂，日间，1966

海伍德在饭桌旁大讲安迪的故事。

瑞德（独白）：我们经常谈起他。我发誓，他的故事总是会让我们开怀大笑。

众人捧腹大笑。镜头推向瑞德，他似乎有点忧郁。

瑞德（独白）：安迪走后，我常常会感到难过。但我必须提醒自己，有些鸟是关不住的，注定如此。它们的羽毛如此耀眼……

269 外景，野外，黄昏，1966

犯人们在锄草，守卫在马背上巡逻。

瑞德（独白）：……当它们飞走时，你会由衷地为它们喝彩，因为你知道囚禁它们是一种罪恶……但是，当它们离去，你的生存之地会越发灰暗空虚。

远方雷声隆隆，瑞德驻足仰望。天上乌云密布，阳光照耀其上，天空中飘起细雨。

瑞德（独白）：我只是在思念我的朋友。

270 内景，牢房内，夜晚，1966

熟睡中的瑞德猛然惊醒。

瑞德（独白）：有时我也会诅咒他，因为他给我留下了一个梦想……

瑞德感到身后有人，他扭过头。丽塔·海华斯的海报贴在他的墙上。他起身下床，丽塔依然神秘地微笑着。瑞德看着她，忽然有一道光从海报后的隧道中照过来，神圣的白色光芒照亮了整间牢房。海报从中裂开，刹那间烧成灰烬。那是阳光，瑞德摇晃着向后退去。

狂风骤起，把所有物事卷到半空。墙上的洞口像一个巨大的吸尘器——纸、书、洗漱用品、被褥——一切没被固定的东西都被那束光吸进洞口。瑞德奋力抵抗，但还是被一点点吸了过去……

271 **瑞德的视角**

……镜头快速移进洞口，在无尽的隧道中飞速前行，风声呼啸，瑞德嘶声大叫，那束光芒越来越近……

……他冲出洞口，来到静美的白色沙滩。广阔无垠的太平洋就在眼前，它美得无法形容，如梦如幻，耳边回荡着温柔的涛声。

  瑞德（独白）：……我梦到自己迷失在一个温暖的、没有回忆的地方。

一个高大的身影站在水边，镜头向他的背后推进然后反转，那是瑞德。

  瑞德（独白）：大洋如此浩瀚，让我说不出话来；海浪如此轻柔，让我听不见声音；阳光如此灿烂，让我看不见景色。那是湛蓝之地，那是人间不曾拥有的蓝，是思想不可抵达的蓝。

272 **高空俯拍**

海天一色，平沙万里，除此别无一物。水边的瑞德如此渺小，如同海岸上的一粒沙。

  瑞德（独白）：我很害怕，在这里我找不到回家的路。

273 **内景，瑞德的牢房，夜晚，1966**

瑞德从噩梦中醒来，他起身下床，走到围着铁栏的窗边，仰望天上繁星。

  瑞德（独白）：安迪，我知道你就在那里。日落后，请为我看看那些星星，摸摸那些沙子……在海水中走上一走……请为我感受自由。

淡出。

274 一扇铁栅门

  铁门"哐啷"打开。一个大而空旷的房间。镜头推进。六个男人和一个女人并排坐在长桌前。桌前有一把空椅子。我们再一次来到：

内景，聆讯室，日间，1967

  瑞德进来，坐下。他第一次出现在这里已是二十年前的事了。

  男一：根据档案，你的终生监禁已经服满四十年了，你觉得你改过自新了吗？

  瑞德不答，眼睛望向别处。时间一秒一秒地过去，假释委员会的人交换了一下眼神，有人清了清嗓子。

  男一：需要我再说一遍吗？

  瑞德：我听见了，改过自新嘛。这么说吧，当我想起这个词，我压根就不知道它是什么意思。

  男二：嗯，它的意思是你已经准备好重新融入社会，作为一个……

  瑞德：我知道你的意思。但我认为它就是一个捏造的词，一个政客用的字眼儿。有了它，你们这些西装革履的小子们才有活儿干。你到底想知道什么？我是否为自己做过的事感到后悔？

男二：嗯……那你后悔么？

瑞德：我没有一天不后悔，我这么说并不是因为我在这里，或者是为了讨好你们。我回首往事，看着当年的我——那个犯下可怕罪行的蠢孩子——我真希望能跟他谈一谈，跟他讲点道理。可这不可能，那孩子早就不在了，只剩下这么一个糟老头子，还有满腔的悔恨。（停顿）什么改过自新？全是胡扯。想做什么就做吧，赶紧盖章，小子，别他妈的浪费我的时间！告诉你吧，我他妈不在乎！

委员们呆若木鸡，瑞德坐在那儿用手指敲起了桌子。

特写：假释表。

大橡皮章盖下——拿起。红色的"批准"。

275 外景，肖申克监狱，日间

两声急促的警笛响过，监狱大门打开。瑞德穿着廉价的西服，提着廉价的手提包，戴着廉价的帽子，茫然无措地走出大门。

276 内景，公共汽车，日间

瑞德坐在巴士上，紧紧抓着前面的座位，车子的速度让他害怕。

277 外景，酿酒人旅馆，下午

瑞德走进酿酒人旅馆，这家三层的小旅馆看着比以前更加破旧了。

278 内景，酿酒人旅馆，傍晚

一位黑人妇女把瑞德带到顶楼。

279 内景，瑞德的卧室，傍晚

房间狭小、破旧、昏暗，从拱形的窗户可以看见国会大街，喧闹的车声在房中回响。瑞德走进屋子，突然止住脚步望向房梁。上面刻着：布鲁克斯·哈特伦曾经来过。

280 内景，福德威超市，日间

超市中一片喧闹。瑞德正在为顾客打包。收银机嗡嗡作响，小孩大声尖叫。

瑞德大声问超市经理：

瑞德：先生，可以去一下厕所吗？

经理（招呼瑞德走近）：你不用每次撒尿都跟我请示，想去就去，明白吗？

281 内景，员工洗手间，日间

瑞德走向小便池，看着墙上镜子中的自己。

瑞德（独白）：三十年[12]了，每次撒尿都要请示，如果不请示，我连一滴都挤不出来。

奇怪的印度风格的吉他声幽怨响起，是甲壳虫乐队的乔治·哈里森演唱的《拥有你，失去你》……

---

12 原文有误，应为四十年。——译者注

282 外景，街道，日间

……音乐声中，瑞德在人群车流中穿行。他一直盯着那些女人，感觉她们就像外星生物。

> 瑞德（独白）：还有女人，那是另外一个麻烦。我忘记了女人是人类的一半。到处都是女人，各种形状，各种型号。我发现自己时不时就会硬起来，心里暗骂自己是个老流氓。

两个身穿毛边短裤和T恤衫的女郎缓步走来。

> 瑞德（独白）：连乳罩都不戴，乳头就那么直挺挺地戳着。上帝，救救我们！在我的时代，在公共场合穿成这样肯定会被逮捕，还要开一个讨论其神经是否正常的听证会。

283 外景，公园，黄昏

瑞德发现公园里到处都是游荡的嬉皮士。音乐的出处就在这里：一台收音机。一个女嬉皮跟着甲壳虫的音乐不停旋转，如痴如醉。

> 瑞德（独白）：他们管这叫爱之夏。要我说，应该叫疯子之夏。

284 内景，假释官办公室，日间

瑞德坐在假释官对面，后者正在填写他的报告。

> 假释官：你住在外面，瑞德？

> 瑞德：是的，先生。

> 假释官：感觉如何？还适应吗？

瑞德：所有的事情都变了。

假释官：跟我说说吧，年轻的家伙们正在反战，你能想象吗？连我的孩子都这样，真他妈的想敲碎他的脑袋！

瑞德：我想是时代进步了。

285 内景，福德威超市，日间

瑞德在为顾客打包，孩子们满地乱跑。其中一个拿着玩具枪对着瑞德扣动扳机。瑞德看着那把枪火花四射，发出"咔嗒""咔嗒"的声响。

妈妈们把孩子拖走，瑞德为下一位顾客打包。镜头慢慢推进。瑞德被喧嚣包围着，就像处在风暴中心。无处不在的人们像风一样在他身边旋转来回，他感觉陌生、嘈杂、头晕目眩。一切都开始扭曲变形，从各个方向缓慢而沉重地逼来。噪音越来越大，孩子们的叫喊声越来越响，渐渐汇成低沉而恐怖的号叫。

焦虑四面袭来，他试图摆脱，却无能为力。他把最后一样货品笨拙地塞进购物袋，然后匆匆走开，尽量克制住惊慌奔逃的冲动。

他穿过超市，满头满脸的汗。他撞在一位女士的手推车上，嘟囔着说声抱歉，继续走，接着小跑起来，沿通道左转，穿过一道门进入内室，他的速度越来越快，已经是在奔跑了。他撞开一扇写着"职员专用"的门，冲进——

286 内景，员工洗手间，日间

——他用力关上门，斜靠在门背后，把一切都挡在门外。他大口大口地喘着气，终于只剩他自己了。

他走到水槽边洗了把脸，试图冷静下来。他依然能听到外面的声音，那些人还不肯走。他四处打量，洗手间很小，但还不够小。

他走进一个隔间，锁上门。放下马桶盖，坐下来。好点了，他能够真实地摸到四周的墙，很近，很安全。这地方差不多够小了。他抬起双脚，这样有人进来也不会看到他。他要在这里坐一会儿，直到自己冷静下来。

287 外景，大街，黄昏

瑞德走在回家的路上。

> 瑞德（独白）：我必须接受一个残酷的事实：在外面，我根本没法生存。

他停在一家当铺的橱窗前，里面放着一排手枪。

> 瑞德（独白）：现在我只想中止我的假释。

当铺老板出现在窗户前，他锁上门，挂出牌子：打烊。

288 内景，瑞德的房间，夜晚

瑞德躺在床上抽烟，无法入睡。

> 瑞德（独白）：生活在恐惧中是极其可怕的事。布鲁克斯·哈特伦早就知道，他再清楚不过了。我现在只想回到熟悉的地方去，在那里我不用成天提心吊胆。

他抬头望向房梁：布鲁克斯·哈特伦曾经来过。

> 瑞德（独白）：有一件事情阻止了我，那就是我对安迪的承诺。

289 外景，乡村公路，早晨

一辆小卡车扬着尘土停在路上，瑞德从车后跳下来，挥手致谢。小卡车开走了，瑞德开始步行。镜头摇向路边的指示牌：巴克斯顿。

290 外景，缅因州乡间，日间

晴空如洗，白云高悬，霜树如火。瑞德拿着廉价的指南针走在田间小路上，他在寻找安迪说的那个草场。

291 外景，乡间，日间

瑞德一路张望着走来，天色渐渐昏暗。他看到远处的田野中有一堵长长的石墙，就像罗伯特·弗洛斯特诗里的意象，一棵大橡树长在那里。瑞德看看指南针，那棵树就在石墙的最北端。他穿过一条小土路走进草场。

292 外景，草场，日间

瑞德沿着石墙走到橡树跟前，一只松鼠吱吱叫着从低矮的树枝蹿到高处。瑞德仔细观察墙基，没发现什么特别的，只不过是一堆石头。他叹了口气，感觉自己被愚弄了，转身想走。

这时，有个东西引起了他的注意。他走回来蹲下，凑过去仔细观察。他舔湿手指，在一块岩石上擦了两下。浮土擦去之后，露出一块闪着黑光的火山玻璃。他想把石头弄出来，心中重新燃起希望。可石头太滑了。他掏出一把折叠小刀，把石头撬了出来。它滚到脚下，在原来的地方留下一个小坑。

瑞德弯下腰，终于知道了那个谜底。他盯着埋在石头下的东西，像是被吓傻了。那是一个裹在塑料布里的信封，信封上写着一个名字：

瑞德。

瑞德取出信封站起来。他盯着它看了一会儿，像是不敢打开。最终他还是打开了信封，里面是一封信和一个更小的信封，瑞德开始读信：

安迪（独白）：亲爱的瑞德，如果你看到这封信，说明你已经出来了。你已经走了那么远，也许不介意再走远一点。还记得那个小镇的名字吗？我需要一个好小子来帮我干活。我盼着你的到来，棋盘已经备好。（停顿）记住，瑞德，希望是美好的，也许是世间最美好的事物，而美好的事物永不消逝。我希望你能找到这封信，希望你一切安好。你的朋友，安迪。

瑞德读到这里，眼泪无声滑落面颊。他打开小信封，里面是一叠崭新的五十元钞票，二十张，共一千美元。

293 内景，瑞德的房间，日间，1967

瑞德身穿西装，打好领带，戴上帽子，行囊就在门边。他最后一次环顾四周，只剩下一件事了。他把椅子拖到房子中间，抬头望向房梁。

瑞德（独白）：要么积极生存，要么赶紧去死，太他妈对了！

他站到椅子上，椅子摇摇晃晃。

294 内景，酿酒人旅馆，瑞德的房门口，日间，1967

房门打开，瑞德拎着行囊走出屋子，走下楼梯。门没有关，镜头推进屋内，上拉至房梁上的那行字：布鲁克斯·哈特伦曾经来过。现在旁边又多了一行：还有瑞德。

295 内景，长途汽车站，日间，1967

移动拍摄，售票台前长长的队伍。

  瑞德（独白）：这是我此生的第二次犯罪。

镜头移向瑞德，他排在下一个，他的行囊就在脚边。

  瑞德（独白）：我违反了假释规定。但我想他们不会因此设置路障，不会为了我这样的老坏蛋。

  瑞德（上前一步）：麦克纳瑞，得克萨斯。

296 外景，移动拍摄，日间，1967

新英格兰的迷人风光快速从眼前掠过，田野树林一团模糊。镜头切换，平行拍摄一辆在公路上疾驶的灰狗大巴。镜头从一个窗口移向另一个窗口，从一张脸移向另一张脸，最后我们终于看到了正在窗边看风景的瑞德。

  瑞德（独白）：我是如此兴奋，我兴奋得坐不住，甚至无法思考。我想，这是只有自由人才能体会的兴奋，一个自由的人，踏上长途，却不知去向何方……

297 长途汽车呼啸而去，渐渐成为远方一个小小的黑点。

  瑞德（独白）：我希望我能成功穿越边境，我希望见到我的朋友并握住他的手。我希望太平洋像我梦到的那样蓝。（停顿）我希望。

298 外景，海滩，全景镜头，日间，1967

一条船侧卧在远方的沙滩上，就像一辆在阳光下渐渐糟朽的破车。

船边有一个人。

299 镜头推至那条船

一个男人正仔细地剥除船上的旧漆,再动手涂上新漆。他脸上包着毛巾,戴着护目镜。

瑞德出现在背景中。海滩上一个人影远远走来,穿着廉价的西装,拎着廉价的行囊。

船上的男人停止工作,慢慢地转过身。瑞德大笑着走来。那个男人拉起风镜,扯下毛巾。安迪,当然是安迪。

  安迪:你看起来很像一个能搞到东西的人。

  瑞德:我在这方面确实有点名气。

瑞德脱去上衣,拿起磨砂机,他们开始一起打磨船体。

淡出。

剧终

剧照

▲ 蒂姆·罗宾斯扮演的安迪·杜弗雷,一位温良恭谨的银行家,却被误判谋杀。此刻他正听着莫扎特,梦想着自由。

▼ 摩根·弗里曼演绎了一名无期徒刑犯人瑞德,他和主角安迪成为了朋友。摩根·弗里曼因此获得了他第三次美国电影学院奖提名,这也是他的第一个最佳男主角提名。

肖申克的救赎

▲ 坏人,从左上角顺时针:

1)鲍勃·冈顿饰演伪善、贪污腐败的典狱长诺顿。2)克兰西·布朗饰演残暴的哈德利队长。3)比尔·伯伦德尔饰演埃尔默·布赖奇,逍遥法外的凶手。4)马克·罗斯顿饰演博格斯·戴蒙德,监狱里的强奸犯。

▲ 好人,从左上角顺时针:

1)老戏骨詹姆斯·惠特摩尔对苍老的监狱图书管理员布鲁克斯·哈特伦的演绎令人难忘。
2)威廉·桑德勒饰演海伍德,他喜欢汉克·威廉姆斯。3)布莱恩·利比饰演弗洛伊德。
4)吉尔·贝罗斯的第一个电影角色,汤米。

▲ 好人,从左上角顺时针:

1)内尔·杰恩图利饰演吉格。2)拉里·布兰登博格饰演斯基特。3)约瑟夫·拉格诺饰演厄尔尼。4)大卫·普罗瓦尔饰演斯诺兹。

▲ 瑞德和他的朋友们在观察新入狱的囚犯。从左到右分别是大卫·普罗瓦尔、布莱恩·利比、约瑟夫·拉格诺、摩根·弗里曼、拉里·布兰登博格、威廉·桑德勒和内尔·杰恩图利。

▼ 在屋顶上喝啤酒。

▲ 汤米（吉尔·贝罗斯饰）和他的导师安迪（蒂姆·罗宾斯饰）在图书馆里上课。

◀ 蒂姆·罗宾斯和弗兰克·达拉邦特在拍摄安迪来到肖申克监狱的几组镜头的间隙。

▶ 在监狱的后院，达拉邦特搭着摩根·弗里曼的肩膀讨论。

▲ 弗兰克·达拉邦特在监狱后院里指导摩根·弗里曼和蒂姆·罗宾斯。

▼ 五号监区的早点名——再一次领略泰伦斯·马什制作的惊人布景。从右上数过来倒数第二个,是摩根·弗里曼。

必要调整：从脚本到银幕的历程

弗兰克·达拉邦特

根据以往的演讲经验，我发现电影系学生和影迷们最津津乐道的是从拍摄脚本到大银幕的转化过程中发生了怎样的变化和变化的原因。为什么剧本里的有些场景在电影里就没了？为什么对话改了？为什么某个场景被换到了另一个地方取景？

视电影类型、参与的人员或是构成电影的镜头的不同，答案多种多样，不尽相同。（我们不会谈及工作室层面的影响，这个因素在城堡石娱乐公司里不存在。）有些改动是因为其他人的灵光一现。我们都听过一句老话：电影拍摄是群体性的工作。演员、制片人、艺术指导、编导、摄影师、场记——为电影工作的每个人都会对最终的结果产生或大或小的影响。这一切常常是从某个人转向导演说"嘿，如果我们试试看这样做怎么样"开始的。

其他的改动则因应于实际需要或是一些令人头疼的因素——不管在前期你多么事无巨细地安排拍摄计划——电影拍摄本身就是变数丛生的。这是一份每一天（有时候是每一刻）都会被上帝或任意妄为的宇宙丢来的曲线球突袭的工作。这是墨菲定律[13]的最佳例证，它一再证明这样一个令人沮丧的基本事实——电影拍摄是一场和时间赛跑到汗流浃背却永无胜算的比赛。每一个充满创意的拍摄计划都得拿来跟不间断的计时衡量一下，妥协在所难免。（我万般崇拜的一位电影导演罗伯特·本顿说过，就因为这个，每一天的拍摄都让他感到失败。我了解他的感受。）

最后我们来到了剪辑室，真正制作电影的地方（之前的一切都只能算是前奏）。编导和导演会在那里写下最终的脚本草稿——用胶片而不是文字。如何通过剪辑令一部电影活过来，提出自己的建议和要求，我对此的好奇心从未消失过。脚本里非常优美的描写到了电影里，可能会一下子变得像发炎肿痛的拇指那样突兀，整个场景因此都显得死气沉沉。

简而言之，从脚本走向影片的路径曲折而不可预料，有数不尽的突发因素在影响最初的创意影像。不消说，这或许会让一个导演身心俱疲，因为他/她已经为这部电影殚精竭虑了很久（有时候是积年累月），往往已经形成了他/她对于影片发展的设想。（如果这个导演正好又是编剧，就更加艰难了，因为他/她会本能地保护自己写下的文字材料，就像一只獾保护它的幼崽那样。）可惜，这些自以为是的

13　美国工程师爱德华·墨菲作出的著名论断。其主要内容是，事情如果有变坏的可能，则不管这种可能性有多小，它总会发生。——译者注

设想是行不通的,上帝或是那冷酷无情的宇宙会和你寸土必争,让你感觉就像莉莲·吉许试图在被瀑布冲下深渊之前走过浮冰冲到安全的地方[14]那样艰辛。

听上去相当悲惨,但这就是电影制作的本质。要不就爱上它,要不就放弃。而事实上,在你遇到的每一处难以忍受的惊讶之后,总会有愉悦跟着蹦出来,作为平衡。

六年的布景师生涯(这是非常宝贵的经历,我将之比作我的"电影学校")以及后来九年的编剧工作,令我有幸亲眼目睹许多导演是如何完成他们的作品的。那些让我受到触动的优秀导演——那些我最仰慕和最能给我以启发的导演——似乎都明白电影制作是一个有机的整体,不仅要依靠创意和灵感,也必须因应剧情发展的需要和实际的拍摄条件。他们反应敏捷,能及时处理突发状况,转劣势为机遇。而且他们能够在随机应变和坚持原本的拍摄方向之间找到上佳的平衡,知道什么时候该放手,什么时候该强迫宇宙(或者说哄骗演员)遵从他们的意见。最重要的是,他们愿意听取其他人的点子和看法,并作出恰当的取舍……因为,归根结底,不管是深思熟虑后提出的建议还是偶发奇想得到的灵感,好主意随时可能会蹦出来。基本上,等到该说的该做的都说出做到了,剩下的就只能看运气了。

在阅读下面这段非常不正规的、夹杂着非学术性的松散分析和回

---

14 莉莲·吉许主演的影片《赖婚》(Way Down East,1920)中的情节。——译者注

忆的文字说明时，你会发现，我的同事们，还有我，在制作《肖申克的救赎》时有多么地幸运。里面的观点，大多是我从各种演讲或学习课程的问答里截取或是受到启发才写的，所以我想要感谢以下机构的学生，感谢他们为我的磨坊提供了谷物：美国电影学会、加州州立大学北岭分校、习技公司、洛约拉·马利蒙特大学、纽约大学、旧金山州立大学、加州大学伯克利分校、加州大学洛杉矶分校、纳瓦拉大学和南加州大学。希望本章节能为他们提供更多深层次的东西（或者，至少能偶尔令他们会心一笑）。以下是所作调整。

场景剖析

对那些对"分镜编号"可能不太熟悉的人，我必须指出的是，你可能已经注意到了打在剧本场景抬头边缘的小数字，它们是在前期制作时出于技术的目的而加入的，用于在制作过程的各个阶段对不同场景加以区分——从助理导演安排拍摄日程，到运输管理员需要知道卡车该去哪里，在每个场景里要出现多少辆拍摄车，再到为所有演员和临时演员准备戏服，以及场记每天准确记录已经拍摄了多少镜头，再到编导和助理编导试着让每个镜头都有所表达。所有人都会用到它们。简而言之，任何电影在制作文本时或是在讨论中，都会用编号来指代一个场景——也避免了让像我这样的人在和团队说话时，尴尬地问："呃，你知道在食堂拍的那场戏吗，讲的是希望……？"相反，我可以说得非常专业，直接讲第 150 号场景要怎样怎样。以下便采用了这样的编号：

1-8 号场景。这是一个很好的例子，书里读起来很顺畅，但是到了银幕上就不一样了。剧本里的方案是将 1-4 号场景（谋杀当晚）和 5-8 号场景（法庭审判）作为两个独立的段落，组合后形成连贯的叙事，但是这个方案放到影片里被证明有些拖沓和沉闷。另外，用"画面淡出"这一手法来切分第 5-8 号场景并跟字幕相呼应在当时看来似乎是个好主意，但这样做同样会不可避免地拉长段落镜头的时间——事实上，是让整段叙事陷入了死胡同。

产生前述主要问题的实际原因，是拍摄日程只允许我们用一个晚上去拍摄 1-4 号场景，包括所有的偷情镜头以及安迪在车厢里的全部动作。很显然，要将写好的所有东西都拍出来，时间是不够的——时钟一直在转，而俄亥俄州拍摄地点的夜晚又出奇地短——所以我们专注于去拍摄所有安迪的镜头，这样做的确取得了很棒的效果，但也让我们无法按原定计划完成偷情镜头的拍摄。

我在剪辑室里找到了解决方法——这一做法得到了剪辑师和制片人一致拥护——经过重组，将两段独立叙事编排成一个段落，聚焦审判经过（整个事件的真正重心），而将偷情镜头用"闪回"方式来展现。这让我们一次性取得了两个重大突破：1）更快进入且更专注于审判场景，使得影片的节奏大幅加快；2）省去了我们回头补拍偷情镜头的麻烦（对于城堡石来说则节省了费用）。根据现有的镜头重新构思概念，我认为我们对这个段落场景作出了很大改进（这个事例说明，有些问题，你完全可以在剪辑室里搞定）。

新的段落镜头的架构建立后，我们继续处理被我称为"对话捕猎"的工作（拍摄埃尔默·布赖奇踮着脚尖，异常小心地穿过树林），也就是在不破坏叙事的情况下，将尽可能多可有可无的对话给淘汰掉（对那些可有可无的镜头也是如此）。在这里，被删除的大部分是杰夫·德曼的台词。他是个非常出色的演员，他客串扮演的地方检察官一角为我们的电影增色不少（很感激他，没有因为台词被删而怪罪我）。在7号场景里，有一组在陪审团评议室里的出色跟拍镜头，最终也因为要让叙事紧凑而被全部放弃。这些场景最终采用了更加传统的方式，通过摇拍画面来呈现。这也再一次证明，有些东西之所以经典，是因为它们很实用。

提一个小细节：谋杀当晚安迪坐在他的车里时（脚本里的3号场景），那双装填子弹的手不是蒂姆·罗宾斯的，而是我的。这个"冒充"的插入镜头，还有另外三个镜头，拍摄于后期制作阶段，在一个离我们的华纳好莱坞工作室仅一步之遥的小剧场里。这四个镜头就是所有主要拍摄完成后，我补拍的全部镜头了。

9 号场景。这个场景不可避免地引来人们对我追问,摩根·弗里曼是不是真的进过监狱?因为在假释表格上,我们用了一张令人信服的摩根·弗里曼年轻时的入案照片。回答是否定的。摩根从来没有在铁窗里待过。你看到的照片实际上是摩根的儿子阿方索·弗里曼,一位优秀的年轻演员的——戴上太阳眼镜,蓄了山羊胡子——代替他的老头子拍了这张照片。这张"嫌犯照片"是由我们的剧照摄影师迈克尔·温斯坦在前期制作时拍摄的。他的出色作品也在本书里有所展示。阿方索也在电影里客串了一个角色,演一个发疯一样狂笑的囚犯,一直在嘲讽胖屁股和其他新囚犯,喊着"菜鸟!今天有菜鸟报到"(脚本的 10 号场景,但是在电影中用在了 13 号场景里)。

10 号场景。这个场景包括了一组所有人都很喜欢的镜头。这是一个令人惊叹的俯拍镜头,首先映入眼帘的是监狱雄壮的建筑,大量的囚犯鱼贯而出,穿过后院,迎接到来的巴士。这是个非常完美的时刻,似乎时间都停止了,甚至让人感到呼吸停止,将我们一头拽进这个崭新又恐怖的世界……

……伙计,虽然我很乐意接受对此的褒奖,但是你会发现这一段压根没有出现在脚本里。真相是,这都是我的制作设计师泰伦斯·马什的主意。在我们第一次现场考察,决定是否将曼斯菲尔德被废弃的俄亥俄州州立改造中心作为主要取景地点时,制片人尼琪·马文,联合执行制片人大卫·莱斯特，特里·马什还有我，几乎冷得连屁股都冻掉了，直从嘴里往外吐雪水（如果你刚从加州飞过来，真正的寒冬是个令人讨厌的惊喜！）。突然之间，特里（两届奥斯卡得主，我所知的最后一位轻声细语的绅士）盯着天空喃喃道："如果来个开放式的直升机镜头，这地方看上去一定会很震撼。"

六个月之后我们回到了这里，这一次带着名副其实的拍摄军团和一大堆卡车，迫不及待地想在午餐前拍掉这组镜头。此处需要协调三大主要因素（相信我，所有人的计时都必须完美无缺）：空中的直升飞机，地上的巴士，还有后院的 500 位临时演员。结果天不从人愿，直升机只能在滂沱大雨的间隙升空（临时演员的戏份也只能趁雨停的间歇拍摄）。

拍摄的成果非常完美，甚至拍到了缅因州的州旗在微风中翻折舞动，仿佛在向斯蒂芬·金致敬。感谢出色的飞行员（鲍比·Z）和非常优秀的俯拍摄影师（麦克·科勒姆），无畏的助理导演（约翰·伍德沃德和汤姆·舍伦贝格，他们花了一整个月来计划后院里囚犯的位置和移动路径，仿佛在策划世界上最大的一场橄榄球比赛）和坚毅不拔的临时演员们（都是曼斯菲尔德和其周边地区的好心人们），还有眷顾我们的上帝或是宇宙。最重要的是能想出这样一个绝妙的点子，促成了这一次疯狂的行动。感谢你，特里。

12 和 13 号场景。因为俄亥俄州超级难以预测的天气，我们花了一周才完成整组段落镜头的拍摄。我们需要阴天——不只是为了气氛，也是为了和 10 号场景已经完成的所有镜头匹配。在俄亥俄州那片地区的初夏，虽然会有阴天，但总是不能持续太久——从天空灰暗到阳光普照，快得让你措手不及（我们实际上拍到了好几次变天，你应该看看那些没法用的镜头）。换而言之，每次开拍之后，在太阳再出来之前我们只能拍掉没几个镜头。在那之后，感觉像是乱糟糟的，要找出我们当天能拍些什么场景来替代，这也就意味着跳过拍摄计划，挑出一个能在阳光下拍摄的场景（最好同时需要许多的临时演员，因为我们招募了不少，都是按天算钱的）。我们就是在这样的情况下拍完了 36 号场景（安迪和瑞德第一次碰面，整整 4 页的对话）和从 136 到 145 号场景的所有室外镜头（囚犯们聆听莫扎特）。最后，凭借坚持不懈的勇气和将 12、13 号场景分成若干小的单元断续拍摄的办法，我们终于完成了这组安迪在灰暗的天空下到达肖申克监狱的镜头。

12 号场景里哈德利队长用警棍敲打安迪背部的镜头在排练的时候被证明不重要，而且太过戏剧化（特别是在之后没几个场景里就有胖屁股挨打的戏），所以我们最后放弃没拍。

那些喜欢关注细节的人也许会喜欢我提到布莱恩·利比，他扮演弗洛伊德——高大，有着沙哑嗓音的家伙，出现在 13 号场景的开头，说着："要不要赌一把，瑞德？"（他还负责在 104 号场景里说出观众最喜欢的一句台词:"瑞德,我相信瑞德,我相信你是在用屁眼说话。")之所以在这里把他单独拎出来说,是因为他参演了我执导的每一部影片。起初是在我改编自斯蒂芬·金的短篇《房间里的女人》的影片中扮演囚犯,有着出色的表演,接着是在我的有线电视电影《活埋》里扮演令人捧腹的标本制作师伊尔。我喜欢这个人身上某些类似李·马文的东西,虽然斯蒂芬·金坚持说他有种"内维尔·布兰德"的特质。不管是哪一种,我从一开始就是布莱恩的铁杆影迷,所以我在自己执导的每部电影里都给他找了个角色。(另外,我一直觉得他是我的"幸运符"——谁说导演就不迷信了呢?)

14 号场景。拍摄这个场景的时候,很显然,剧本中建议的让大家看着所有的新囚犯被冲洗和清洁身体是个异常恶心的建议,这同时让影片节奏拖沓得可怕。为什么不做得更聪明些,只注重我们主角的羞辱感和不安呢?重新考虑后,我们加入了时间线上的小跳跃——只截取了从哈德利喊"解开手铐"到安迪赤身裸体地走进铁笼子里的镜头——我们只能做到这样了。

15 和 16 号场景。在拍摄时被舍弃了。这两个场景虽然很细致,但却是某种"可有可无"的段落(我的意思是对整个电影的叙事完整性无关紧要),当拍摄时间不够时,完全可以将之放弃。在这种情况下,等到了剪辑室,为了让影片变得紧凑些,这些场景肯定也会被舍弃掉(也包括大部分我们没有拍摄的场景)。

17号场景。在这里我要暂停一下,再次歌颂我们的制作设计师泰伦斯·马什(这不会是最后一次)。大部分人都以为出现在这部电影里的巨大狱舍(在这个场景里第一次出现,只是惊鸿一瞥)是一座真实的监狱。其实不然,这实际上是特里设计的布景,是由他的团队在离监狱大约一英里外的某个仓库里建造出来的(真正的俄亥俄州州立改造中心的狱舍没法打光或拍摄)。这是个绝对值得惊叹的、我所见过的最宏大的布景:4层楼高,200个独立牢房,通过气压系统开启和关闭狱室(向道具车间主管伊萨多诺·拉波尼致谢)。如果我蒙上你的眼睛,带你走进那间仓库,然后拿掉蒙眼布,你会发誓自己正身处一座真正的狱舍。就是有那么棒。

不仅仅是狱舍,要让监狱真实地呈现在镜头前,还有惊人的大量工作要做。大规模的修饰是必不可少的,所以我们制作了许多布景来对拍摄地的室内外进行整修(比如说,有多个监狱图书馆的布景)。还不止这些,特里和他的团队在还原、修复整个监狱上的成就令人赞叹不已。我是说,当我们到达那里的时候,整个监狱就是个废弃的垃圾场。连续几个冬天没有供暖,让整个室表留下了油漆脱落后的无数条纹。(第一次走进三层楼高的食堂时,就好像迈进了一座悬着数千钟乳石的巨大洞穴。）诺顿典狱长的办公室，在电影里看上去金碧辉煌，但它最开始的样子就好像刚有人在里面引爆了一颗大当量的炸弹。我从来不会忘记在前期制作期间的某天，我去了现场，看到特里像往常那样不紧不慢，计划修复足有10吨重的监狱外墙——墙体在某天夜里倒塌，压在了路上。（说到查漏补缺，特里和他的团队在整个拍摄过程中都在努力保证这段墙体不会垮掉。）

以下感言不是我酸葡萄，这完全是我真实的想法：我真心认为特里·马什应该因此获得美国电影学院奖的提名，因为人们没有意识到这次挑战有多么巨大，也没有意识到他的作品的价值。他们只是想当然地以为我们去了一座真正的监狱，然后就开拍了。他的工作实在太天衣无缝，反而被人忽视了。我想这只能算是我古怪的抱怨（就像传说亚瑟·克拉克曾经抱怨过"《2001太空漫游》之所以没有获得奥斯卡最佳化妆奖，是因为评委们没有意识到猩猩们是由人类演员扮演的"）。

21~29号场景。对于电影中这段"胖屁股被狠揍"的展开，我比较感兴趣的是它能体现出音效在电影中的表现力。有些人曾经说过，在你认为你从银幕上看到的内容里，有一部分实际上是由你听到的音效传递的。按照这个说法，这个场景的成功是因为你听到了银幕之外的犯人们的声音——嘲讽、喊叫、重复的谩骂，占据了你的耳朵。真相是我们在拍摄这些场景时只用了最多几十个临时演员（包括看守），但是你会觉得满满当当的 200 个牢房里都是冷血疯子。这多亏了芭芭拉·哈里斯和她那天才剧团"循环"的出色工作。他们单独演出这些声音，然后在后期制作时将声音混合进去。之后由音效编辑约翰·史塔西和他的团队整合所有的元素，最终再通过对话混音师鲍勃·利特的出色技术，像实施脑部手术一般精准地完成所有声音元素的放置。（这部分场景的另一部分重要贡献来自于我的好兄弟，一位出色的作家，大卫·J. 斯科，他代替在后期制作时已经焦头烂额的我，敲出了好几页囚犯们喊叫用的台词。这几页台词的价值无可比拟。因为当时我们已经做完了电影末尾的演职员表，所以我一直没有机会在电影中感谢他，希望在此致谢可以弥补一二。）

为了一个小小的龙套，我们在俄亥俄州当地进行了几次试镜（这是非常常见的做法，省掉了从洛杉矶或是纽约找个只说一句台词的演员飞过来的麻烦和费用）。在 21 号场景开头喊出"熄灯"的看守由约翰·萨默斯扮演，他是在新监狱（从旧监狱一路往上走）工作的真正看守（之前也在旧监狱工作，也就是你在电影里看到的这座。他一直工作到 1990 年这座监狱被关闭）。

在 29 号场景接近最后的部分，看守们把"胖屁股"抬上担架的镜头被舍弃了，我们将此改为让哈德利简单地交代"把这死胖子送去医务室"。从戏剧化的角度来说，让整个场景在他威胁整座狱舍之后结束会更好，而不是将银幕时间浪费在拍摄担架运送的路途上。此外，让看守飞快地带着担架冲进来，我觉得这可能会令他们看起来有一点像"吉斯通警察"[15]（比如说，你会不会觉得他们总是抬着一副担架跟在拜伦·哈德利身后，以防他脾气发作而胖揍某人一顿？）。

22~25号场景。虽然我很乐意再多抓拍一些其他新囚犯待在牢房里的镜头（里面有不少大人物），但时间不允许。而且在看过剪辑好的段落镜头后，我觉得没有那些镜头问题也不大。讲这些是为了说明，如果没有把握而且时间很紧的话，只要拍了你知道自己真正需要的东西（一般来说就是主要角色的镜头），就不会错得太离谱。

32号场景。在拍摄任何跟动物相关的场景时，一位美国防止虐待动物协会（ASPCA）的代表都会出现在拍摄现场，确保我们不曾虐待动物，或是有其他可怕的虐待小动物的行为发生（理念非常值得称道，考虑到有些导演毫无愧疚的可憎行为，比如拿绳子来绊马之类的）。所以，当我们拍摄詹姆斯·惠特摩尔口袋里塞着乌鸦幼雏的镜头时，ASPCA的女士毫无意外地翩然而至，监督我们的拍摄。大为出乎我们意料的是，我们发现她的到场并不仅仅是为了保护幼雏的权利，还包

---

[15] 20世纪初由美国吉斯通影片公司拍摄的一系列默片喜剧中经常出现的一群愚蠢而无能的警察。——译者注

括保护在镜头里出现的蛆虫的权利。（我估计蛆虫现在也算人了。）她要求我们不能用活虫子来喂鸟，只能用死掉的才行，而且只能用自然死亡的。我建议说我们应该给蛆虫做解剖以确定死因，结果招来了一个白眼。在我们耐心解释了这些虫子实际上是从当地专业的鱼饵店买过来的蜡螟后，这位女士依然没有松口。任何渔夫都天然拥有随随便便将一条蜡螟喂给虹鲈的权利，但很显然，到了好莱坞导演和他的乌鸦幼雏这里，这项权利就被否决了，哪怕那可怕的时钟正在按照每天 12 万美金制作费的节奏跳动着。感谢上帝，我们在一大堆虫子里找到了一条死的，不然可能我们还耗在那里呢。

在这一天的拍摄结束之前，我们勇敢的摄影助手给我们制作了一张火柴搭成的微型导演椅，以备某条蜡螟需要在拍摄间隙喘一口气。

33 号场景。在剪辑时因为片长关系被舍弃了，一部分镜头被用来替换影片里的 35 号场景。

34 号场景。基于马克·罗斯顿（博格斯）在排练时的建议，他的部分对话被修改。我觉得马克的缩减版本比我写得更好，更有威慑力，也更加真实。

35 号场景。在剪辑时被舍弃了，一部分 33 号场景的镜头被用到了这里。在后期制作时加入了瑞德的画外音，帮助平滑过渡。

36号场景。海伍德朝安迪的脑袋扔棒球的段落似乎效果不佳，所以我们在剪辑时舍弃了。

当人们问我是不是重新修订了脚本来配合摩根·弗里曼的身份，因为他演的角色在斯蒂芬·金的原著里是个爱尔兰白种男人时，我总是会提到这个场景。回答是否定的，我们甚至保留了瑞德关于他是爱尔兰人的台词，这句话从摩根嘴里说出来时有种有趣和滑稽的扭曲效果（我们把它移到了场景的最后，让这个笑话的效果更好）。

顺便一提，也是为了告诉你摩根·弗里曼是个多么敬业的人——他在整个场景里都在抛接球，尽管在银幕上只有短短几分钟，但我们花了一整天来拍摄。直到很后来，我才知道他的手臂有多么地酸（上次我只玩了大概半个小时的接球，手臂就累得快掉下来了）。尽管他的手臂一定疼得要死，但他一次都没有抱怨过，只是一直投球接球，完成表演。

37和38号场景。在剪辑时因为片长关系被舍弃了。

39~41号场景。这就是一个非常好的例子，书面上读起来很顺畅，但是照搬到银幕上就不成功了。剪辑师理查德·弗朗西斯·布鲁斯第一次剪辑这段场景的时候，特意把瑞德的画外音加了进来。结果造成相当的混淆。你看到的是一件事，听到的却是另一件，而且完全无法关注任何一边，因为这两个故事毫不相干。最简单的解决方法，就是不去探究安迪为什么和怎样弄到钱。我们放弃了叙事，只是配上了托马斯·纽曼的完美乐曲。

43 和 44 号场景。在这个场景接近最后的部分，布鲁克斯将一张感谢的纸条接力传递给瑞德的镜头在拍摄时被舍弃了，我们将之改为安迪附耳向布鲁克斯口头传达感谢，因为拍摄布鲁克斯和他的清洁车返回瑞德的牢房会浪费掉太多银幕时间。

47 号场景。这个场景是一长段展示安迪日常遭遇的"监狱蒙太奇"（48 到 52 号场景）的前奏。在编写脚本时，我放弃了一些书面上含糊不清的描述，好让剧情更好地展开，比如说讲述安迪如何工作、吃饭，如何在熄灯之后打磨他的石头。等你静下来思考的时候，你会觉得这些有点沉闷。另外，这些琐碎的生活细节写起来很容易，拍起来却很花时间。那么，一个要跟时间分秒必争、已经没有退路的导演该怎么做呢？他决定完全放弃拍摄。直接从 31 号场景里偷来一组合适的镜头（用推轨镜头拍摄看守们早起点名）替换到这里。瞧，很棒的场景引出了我们的蒙太奇。

48号场景。因为我们的故事跨度二十年,我心里早就决定要在电影中至少拍摄一场雪景来体现时间的变迁。但在俄亥俄的盛夏要怎么拍呢?感谢特效组的贡献,答案是土豆片。煮熟之后的土豆是任意晚餐的贴心加料,而从大桶里倒下来,穿过巨大的鼓风机的飞旋叶片之后,就变成了异常逼真的降雪。

49号场景。在剪辑时因为看上去太傻,所以被舍弃了(画外音转移到了50号场景)。另外从电影里来看,这个场景让博格斯看上去像个疯子。这一点和斯蒂芬·金或者我的意图是相左的。中篇小说和电影都花了不少笔墨去区分同性恋和监狱里的强奸犯。为什么呢?因为两者是不一样的,而且区别巨大。按照社会学家的说法,监狱强奸犯在外面的世界里很少会是同性恋——他的本质,是个混蛋强奸犯。当这些混蛋们被关进监狱后,他们会继续对任何可以下手的家伙为所欲为。所以让我在这里最后一次声明:博格斯这个角色不代表同性恋,他代表的是恶劣的性侵犯。

50号场景。为了让段落镜头紧凑,舍弃了画外音。

51号场景。在剪辑时因为片长关系被舍弃了。

56号场景。在剪辑时因为片长关系被舍弃了,画外音转移到了57号场景。

58号场景。在拍摄之前,我们有两周的时间在曼斯菲尔德的现场排练。可能在部分人看来,排练是毫无必要的一种奢侈,那么这个场景就是对此最好的反驳。排练不仅对对话和表演有帮助,还有助于发现脚本里的问题。这个场景在排练中就跳出了一个问题,我很高兴我们及早发现了,因为如果等到拍摄的时候才发现,我们的速度会慢到像龟行一般。

那么,是什么严重的问题呢?似乎除了一些对话上的小改动,整个场景读起来和电影里放映的一模一样,不是么?好吧,并不尽然。再仔细重读一遍,这一次注意计时。你会发现在剧本里,哈德利和看守们说完关于遗产税的对话之后,囚犯们交换了几段耳语,接着安迪晃过来,告诉哈德利一些关于国税局税收漏洞的事情。没错,读起来毫无破绽,但试过走位之后,你很快就会发现扮演哈德利的演员在说完他的对话之后会无所事事地站在那里,尴尬地度过一长段停顿,等安迪过去。

这就是书写场景和真正走位时的区别。导演意识到要让场景衔接起来,安迪就必须在哈德利的对话结束时及时出现在他身边。这意味着囚犯们的对话(以及安迪的离开)需要安排在本场景更早的时间里——换句话说，必须提前，和哈德利的对话同时进行，这样两段对话就有了重叠。这样的话，安迪就可以离开他的队伍，在哈德利说完的时候来到看守们的身边。因为发现的时候还是排练，没有浪费高昂的费用和珍贵的拍摄时间，所以导演可以有足够多的时间来弄清楚哈德利的台词里有哪几句是可以省略的，以让位给囚犯的对话。而这些，如果有人问起，就是排练的价值。

59号场景。我们没有拍这个场景，直接从58号场景（安迪和哈德利讨价还价）到60号场景（囚犯们喝啤酒）里剪辑似乎是个更好的办法。这样一来我们可以将重点放在相关的人身上，而不是一抓一大把。瑞德在这个场景的画外音被转移到了60号场景。

60号场景。这也许是个绝佳的例子，可以从技术角度说明在拍摄电影时应当记得配合画外音（至少对这部电影而言是这样的，我不确定其他人会怎么做）。我很早就意识到我们拍摄的许多场景都需要根据摩根·弗里曼的画外音来计时（如果画外音只有10秒，就没有必要拍摄一个30秒长的场景）。所以我们在前期制作时用单独采样提前录制了摩根所有的画外音，以方便在拍摄现场回放出来（类似于拍摄音乐电视的时候播放录制好的音乐，而摇滚明星们只要对口型就可以了）。换句话说，如果有场景需要根据画外音来精确计时，我会找上我们的现场混音师威利·伯顿,在拍摄的时候播放那段画外音,让所有人都能听见(等到后期制作的时候,这些声音会用清晰版本来替换)。在这个场景里,这样做让我们能够为以下事件精确计时:a)摄影机的移动和囚犯们的反应;b)克兰西·布朗(哈德利)走进镜头,讲他的台词;c)摩根·弗里曼望向蒂姆·罗宾斯。

61 号场景。这个场景的一部分对话(瑞德问安迪有没有在他的墙上刻名字)在剪辑时被舍弃了。在观看电影时,我们认为安迪似乎不需要这段台词来触发他在 62 号场景里的举动。

63 和 64 号场景。这是个很好的例子——它证明伟大的主意只是等待着发生的那一刻,在你不抱期待的时候,令人愉悦的惊喜就跳出来了,将劣势转化成了优势。你会注意到在剧本里(在斯蒂芬·金的故事里也有)有一段描写囚犯观看《失去的周末》里雷·米兰德的表演。我们的制片人尼琪·马文联系了派拉蒙影业,希望使用那部电影的片段。结果派拉蒙的要价比我们的预算高出许多。于是尼琪建议我们改为查看哥伦比亚影业的电影库(她觉得他们更愿意给我们打个折,因为他们负责《肖申克》一片的国内发行)。哥伦比亚把他们的旧电影清单传真给了在曼斯菲尔德的我们,我从来没有忘记那一刻尼琪在扫视了标题之后抬头对我所说的:"嘿,清单里有一大堆丽塔·海华斯的电影，看在上帝的份上，我们用《吉尔达》吧。"

太神奇了，回头看看，我们直到那一刻都不曾意识到。我们当然应该把丽塔·海华斯放进电影里！再没有比这么做更有创意的了。所有事，只是因为一位聪明的制片人将劣势转化成了优势，并且发现了里面潜在的创意。谢谢你，尼琪。

67号场景。在剪辑时因为片长关系被舍弃了，画外音转移到了66号场景。

70-77号场景。这原本是一组规模宏大的镜头，可惜我们的拍摄计划根本没有给我时间。光是后期剪辑所需要的全部镜头（还有那些耗费时间的替身和特效镜头），我相信我就需要三个整天时间来拍摄。但实际上我只有一个下午。这意味着我必须实际一点，找出最简化的解决方案来。很显然，高空坠落镜头和旁观者（厄尔尼和瑞德）的镜头可有可无。我决定只拍摄博格斯和看守的场景。博格斯想要从牢房里跑出来抓住栏杆那一段，我可以选择侧拍，让他被不出镜的看守给拖回牢房。虽然是一种妥协，但我认为这的确是个不错的替代方案——可怜的博格斯突然从视线中消失了，就仿佛《大白鲨》里走霉运的游泳者，只留给我们空荡荡的楼层。

78号场景。虽然是作为一个场景写下来的,但我最终加入了简短的时间跳跃,将它作为两个单独的场景来拍摄:a)博格斯被推进了救护车;b)救护车离开,露出在栅栏后围观的瑞德和他的同伴们。这样的拍法,视觉上更加美好一些。(那辆老爷救护车非常漂亮,但是就像我见过的所有电影里的老爷车一样——不可避免地会有些机械故障。这次拍摄的时候,它的引擎决定罢工了,把一个巨大的白色铁块,而不是救护车,留给了我们。所以你在影片中看不到的部分,是这辆救护车是怎样出发的:我和大约六个拍摄人员、电工在后面推着这个大家伙,好让这玩意儿提起足够的速度,冲进镜头里。我们这群人停下脚步的样子很值得一看,因为大家都在拼命摆动手臂保持平衡,以避免把我们的鼻子落进镜头里面。让我们赞叹摩根·弗里曼一下:他竟然能面色如常地说完他的台词。)

81号场景。为了便于拍摄,这个场景和82号场景合并了。瑞德的镜头被舍弃了。

83和84号场景。可有可无的场景,最后没有拍。

85号场景。这个场景的后半部分(磨过的螺丝刀被发现,囚犯被送进了监禁室)在剪辑时因为片长关系被舍弃了。

87号场景。在剪辑时因为片长关系被舍弃了。

91号场景。这个场景的末尾在剪辑时被舍弃了,因为剪短之后能和92号场景衔接得更加密切。

92号场景。在排练的时候,詹姆斯·惠特摩尔强烈建议将这个场景里布鲁克斯对话中的污言秽语给删掉。詹姆斯这样建议不是因为他太一本正经了,实际上他有两个充分的理由:第一,他指出布鲁克斯出生的年代比较早,所以布鲁克斯不太可能随随便便说出那些脏话;第二,他觉得去掉这部分脏话,能让布鲁克斯冲动之下持匕首抵住海伍德喉咙的行为(103号场景)更加出人意料,远好过利用语言上的反差(比如让老头子在103号场景里出口成脏)。詹姆斯说得果然没错。从他这样一位资深演员那里,你还能得到比这更棒的建议吗?

97号场景。看守排队等候的画面在拍摄时被换成了安迪为诺顿典狱长报税的画面。我这样做有两个原因:第一,我觉得把两组看守排队等候的镜头剪到一起显得重复,而且会无聊,可能还有些令人迷惑;第二,我希望能让安迪和诺顿典狱长在电影前段里多在银幕上出现,以给后面的情节打下基础。这个场景似乎正适于达成此目的,尽管他们出现的画面很短暂。

98 号场景。可有可无的场景,最后没有拍。瑞德的画外音转移到了 99 号场景。

99 号场景。这里有另一位真正的监狱看守唐纳德·E. 金,他在电影里出演了一个小角色——莫兹比猛虎队的击球手,他在安迪的帮助下解决了自己的税务问题。演得不错。

101 号场景。可有可无的场景,最后没有拍。我早就知道自己会放弃这个场景,因为这绝对会让电影慢下来,虽然我很想在电影里展现雕刻这些象棋棋子的镜头——于是我在 62 号场景里用了一些细节镜头。

103 号场景。这个场景的最后一段(瑞德安慰布鲁克斯)在剪辑时被舍弃了。在海伍德将关于布鲁克斯假释的消息传达之后直接结束,效果更强烈。

105 和 106 号场景。可有可无的场景,最后没有拍。

108 号场景。在布鲁克斯离开监狱的时候,不让瑞德、安迪和其他囚犯出场,似乎是个更好的选择。只有肖申克监狱的看守望着他离开，会令气氛更加悲伤，也更加凄凉（而且不会显得很刻意）。

111号场景。一架真正的螺旋桨飞机？这只是那些傻瓜作者的想法。显而易见，就算脚本里有，它也不可能在银幕上出现的。

112号场景。在剪辑时因为片长关系被舍弃了。

113号场景。这是制作设计师特里·马什的另一个完美作品。布鲁克斯·哈特伦位于酿酒人旅馆的客房实际上是由旧监狱后勤区的办公室改造的。

121号场景。我们第一遍拍这个场景的时候并不成功。有两个原因：第一，我们是在大太阳底下拍摄的，和气氛不搭；第二，让所有的囚犯都出现在场景里，有种在拍《小淘气》的感觉（史帕奇，巴克维特，阿拉法法和达拉……该死，他们总是一起出现在俱乐部里！）。所以我们重新拍摄的时候把场景拍得很简洁，只有安迪和瑞德，两人猫在监狱的阴影里，加深灰蒙蒙的阴暗感觉。

122~126号场景。我并没有时间来拍摄这部分场景，对此我怀着复杂的心情。作为编剧的我在哀悼它的缺失，因为这是我最喜欢的段落镜头。作为导演的我则认识到，这组镜头即便拍出来也不会多出彩——因为严格地从叙事角度来说，这不是重要情节，而一旦拍出来，最终我会在剪辑室里备受煎熬——为了压缩已经过长的电影而失去它们。（就像威廉·戈德曼在他杰出的作品《银幕春秋》里极其睿智的观点——有时候，你必须杀死你最亲爱的……）

这组段落镜头的缺失，让布鲁克斯和杰克两者的象征意义发生了微妙的变化。正如瑞德在电影末尾点到的："有些鸟是关不住的"。在脚本中，布鲁克斯和杰克都不是这类鸟，他们到了外面都活不下去。而在电影里，杰克生存了下来，但布鲁克斯不行。这是一个抽象化的场景，杰克就代表着安迪，而布鲁克斯代表着瑞德。这是一个细微但含义丰富的改变。

127 和 128 号场景。在剪辑时因为片长关系被舍弃了。

129 号场景。为了压缩这组段落镜头，这个场景末尾的部分镜头（安迪打开箱子）在剪辑时被舍弃了。

131 号场景。安迪安装唱片机的行动没有拍成（很明显，如果要拍的话，会是一个很长的场景）。

134号场景。因为这个场景并没有在斯蒂芬·金的中篇小说里出现,所以有人问我让安迪在监狱里一直播放莫扎特的想法是从哪里得来的。我的回答是我喜欢音乐,各种各样的音乐,不只是每周在MTV打榜的音乐。更重要的是,我曾经想过写音乐,因为我觉得那是注入创意的进程,能让我的想象去平时从来不曾去到的地方,在那里徜徉,给予我灵感,让我看到不同的东西。从这方面来讲,我有许多合作者,从艾林顿公爵到汉斯·季默再到……没错,还有莫扎特。在写这部脚本的时候,我碰巧在听《费加罗的婚礼》,我抑制不住地想要让苏珊娜和伯爵夫人的二重唱在这部电影里露面。而在电影当中,音乐就代表着灵魂的自由,就好比书中安迪的图书馆代表着心灵的自由。

顺便一提,很多人问我要在哪里找到这些艺术家表演的莫扎特。如果你也感兴趣的话,二重唱会在同样出色的《肖申克的救赎》原声大碟里出现,由托马斯·纽曼创作,Epic Soundtrax 发行(这可不是什么廉价的衍生商品,这是一张很棒的电影原声碟,帮汤姆得到了格莱美和奥斯卡的提名)——如果你想听到更多莫扎特的高雅歌剧,就跑出去买张由卡尔·伯姆指挥的《费加罗的婚礼(精选)》的CD。这张CD由德意志留声机公司发行,货号是 429 822-2。

136~143号场景。我们所选的拍摄地点毫不意外地统治了这组段落镜头的拍摄。尽管在各个方面都很完美,但是俄亥俄州州立改造中心缺少了编剧设想当中的某些元素(比如停车棚、厨房,或者牌照车间内景),所以我们尽量挑选一些比较有趣的地点拍摄。

146 号场景。在剪辑时为照顾影片节奏而舍弃了。

147 号场景。诺顿典狱长和哈德利队长隔着玻璃门喊话的内容,是在正式拍摄前的走位时即兴编排的。这个场景的点睛之笔——安迪在接到指示以后反而提高了音量,而不是关掉收音机——则来自于蒂姆·罗宾斯的灵光一闪。

148 和 149 号场景。在剪辑时因为片长关系被舍弃了。瑞德的画外音转移到了 147 号场景。

150 号场景。这是个足以证明有时候场景包含的内容应当少而精的范例。幸好有我们杰出的摄影师罗杰·狄金斯,感谢他教会了我这一课。拍摄前一天,在走位的时候,我发现自己有点迷失了,不知该怎么拍摄这个场景。因为有一个问题:这个场景是电影中众多食堂场景的其中一个,要怎样才能让一群家伙坐在一张桌子前,然后看上去每次都能有所区别呢?只能凭运气了。还有,坐在桌前的八位演员,大多都有台词要讲，要怎么处理呢？从每个人的角度都拍摄一遍？那会变成一场需要剪辑许多次的场景，更主要的是我没有那么多时间来拍。拍摄计划要求我必须在午餐前拍完整个场景。我就傻呆呆站着，听着演员们过他们的台词，满脑子的可怕念头在折磨着我——不过接着我回头看到罗杰一只眼睛对着取景器，用我只能用"格劳乔[16]步"来形容的缓慢动作往前挪。很显然他有了想法，而且他的想法明显跟镜头的移动有关。在排练时走了几次格劳乔步之后，罗杰建议我把预想的十个机位缩减到了两个。怎么做到的？从正对桌子的主机位开始，慢慢转到蒂姆·罗宾斯的近距离镜头，然后从相反的角度转到摩根·弗里曼的近距离镜头。

这不仅是时间紧迫情况下的最佳选择，罗杰的做法也是最聪明和最有创意的方式了。实际上，这是我在电影中最喜欢的场景之一，因为它在视觉上简约、唯美，而且也阐述了掌镜者（在这里，也就是罗杰）像个讲故事人那样思考的价值。从桌上的广角镜头开始，缓慢推进，将周围的角色略去，让场景真正集中在应当得到关注的人——安迪和瑞德的身上。这是属于他们的场景。其他所有东西都是多余的。对我来说，这是非常棒的一堂课。（我在拍摄161号场景时沿袭了这样的理念，这也促成了这部电影中我最喜欢的另一个场景。）

16　朱利叶斯·亨利·格劳乔·马克思（Julius Henry "Groucho" Marx，1890 — 1977），美国喜剧演员与电影明星。——译者注

152号场景。我将以此为例,简要说明被我们称作"鞋底"的场景——这是一个在剪辑室里常用的词汇,指的是人们走来走去的无聊镜头(常常是进入或者离开某个场景)。你需要的镜头往往比想象中的要少。相信我,没有什么比看着人们毫无意义地进出某处更加无聊了。这也是为什么瑞德没有按照剧本写的那样进入这个场景——在剪辑室里,它们都是被舍弃的"鞋底"。

161号场景。我的制片人尼琪在开拍之前的好几个月里,一直坚持认为我们没有足够时间来拍摄这个场景。她是对的,考虑到前期制作时我曾计划用大概十个机位来拍摄这个场景(我认为我需要关于典狱长、记者和囚犯等的多组镜头)。抛开时间因素不说,要召集那么多的群众演员,我们也出不起那么多的钱。但是这不是可以省略的场景。这段叙事对于观众理解影片来说非常重要。我们需要它。

随着拍摄日期越来越临近,我开始跟自己玩起了智力游戏。有点像是《猜歌》节目,只不过目标并非你要听多少个小节才来猜出歌曲,而是你能用最少几个镜头来拍完这个场景。在从罗杰·狄金斯的"视觉简约学校"里偷师(拍摄150号场景时学到的一课)之后,我决定把场景压缩到两个机位:a)头顶上的摄像机跟拍记者,然后摇起来单独拍摄诺顿典狱长的讲话;b)简洁迅速地切换镜头,拍摄人群中正在拍照的三个摄影师。我让尼琪把这个场景安排到我们拍摄哈德利队长被捕（259号场景）的同一天。这样在259号场景结束后我们可以再利用一次群众演员。

我喜欢最终的拍摄成果。比我从多个角度拍摄之后串起来要更加有活力，效果也更好。而且我必须承认，像这样朝拍摄日程踹上一脚，或许会取得意想不到的惊喜（啊哈，我只凭两个镜头就猜出了曲名！）。

162和163号场景。可有可无的场景，我们没有时间拍。这是作为编剧的我非常遗憾没能出现在电影中的那批段落镜头的又一组，但是作为导演的我对此则必须考虑得更周全一些（见122到126号场景的解释）。

164号场景。这又是一个我们必须在午餐前拍完的场景——意味着我们必须简化所有附加的动作，去掉伤者的镜头，专注于诺顿和格莱姆斯的场景。（除此之外，想在俄亥俄州的夏天找到任何类似沼泽的地方……祝你好运了！）

166号场景。可有可无的场景，最后没有拍。

169号场景。在这个镜头里，你能看见丹尼斯·贝克典狱长一闪而过。他是俄亥俄州新的州立改造中心的正牌典狱长（新监狱就在旧监狱一路往前走不远处）。有一天，贝克典狱长觉得拍戏也是个不错的运动，于是来到拍片现场要求当一次临时演员。他只有一个要求——他希望扮演一位囚犯。这位黑人绅士也坐在巴士里，就在吉尔·贝罗斯扮演的汤米旁边。

170~173 号场景。我们没有拍这些场景，感谢女神。它们会是非常浩大的场景，而唯一的结局就是在剪辑室里变成更多的"鞋底"。瑞德的画外音从 173 号转移到了 169 号场景。

175 和 176 号场景。为了让拍摄日程轻松一点，我将两个场景合并成了一个。

177 号场景。这是又一个让我很遗憾的没能拍成的场景。我对那个专为本角色招募的年轻演员感到惋惜：翠西·尼德哈姆，本来能有很棒的演出。天啊，她的试镜真是令人激动！（抱歉，翠西，但是拍摄计划又赢了。我希望有一天能帮你圆梦。）瑞德的画外音转移到了 178 号场景。

179、180、183 号场景。可有可无的场景，最后没有拍。

184号场景。在剪辑时因为片长关系被舍弃了。

186号场景。在一路上，我的脑子里盘算着这个场景里如果没有演员的出场，是不是更能突出效果。对安迪的空牢房进行仔细搜查之类的念头，让我抓到了感觉。通过对那个角色在这些年里积攒的个人物品和他选择挂在墙上的海报匆匆一览，来体现他的个性（我认为这样做有点像一个窥阴癖趁别人不在家的时候翻别人放内衣的抽屉）。非常感激蒂姆·罗宾斯，他并没有因为我在拍摄这些镜头时将他排除在外而觉得被冒犯。

188号场景。脚本里描绘的汤米的最终动作（可乐瓶落下，口中低声叹息"哦，上帝"）被证明太过戏剧化了，所以我们并没有拍摄。

193号场景。当一个场景里有八个人和许多对话，而你只有几个小时来拍摄时，应该怎么办？把摄像头架在斯坦尼康稳定架上，然后一气呵成。这是另一个用来证明少而精的场景反而效果更好的例子。（上帝保佑斯坦尼康稳定架的发明者，没有它们，我都不知道电影要怎么拍了。）

194号场景。可有可无的场景，最后没有拍。

202 和 203 号场景。最后没有拍（见 204 号场景的解释）。

204 号场景。这个场景的拍摄证明演员的本能比作者的本能要更出色。这个场景里的某些问题在第一次排练时就让蒂姆·罗宾斯感到很困惑：他觉得拍摄地点选错了。因为这是安迪在整个故事中的最低潮，他质疑说，这个场景应该在禁闭室，而不是诺顿的办公室里拍。蒂姆是对的。将这个场景想当然地设置在办公室里不仅无趣，和之前的镜头重复，而且——如果不打破这种常规的设定，会导致在如此情境下，安迪和诺顿显得太过势均力敌。而改令诺顿通过"洞口"探望安迪，我们能更加完美、更加符合逻辑地来演绎这套弄权的把戏，让诺顿的恐吓和最后通牒更加有力。这既令安迪收敛了锐气，又在形式上禁锢了他，表明他正处于最缺乏斗志的状态。这是个十分出色的主意，而且是目前为止最棒的创意。谢谢你，蒂姆。

207 号场景。在剪辑时因为片长关系被舍弃了。

210 号场景。可有可无的场景，最后没有拍。

213 号场景。我们最终没有拍摄安迪抛光象棋棋子的镜头。这一刻，场景的重中之重，都应该放在枕头下藏着的绳索上。（而且，我们拍够石头了！我们已经在电影里看够了！）

215 号场景。另一位现役监狱看守在这里出色地扮演了一个角色——恰克·布劳彻，他转过身，大声呼叫："二楼少了一个！"

216 号场景。基于两个很有说服力的理由，我在拍摄中放弃了这个场景：一个是实际情况，一个是剧情发展。从实际操作角度来看，我们的布景太小了，完全不能将整个狱舍展现出来（没法再让摄影机往后退或者使用更加宽广的镜头把所有场景全部收入）。从剧情发展来看，我意识到从 215 号场景直接剪辑到 217 号场景（从黑格震惊的面孔到诺顿打开鞋盒），可以让安迪已经逃离牢房的情况被发现的时间后延。这样也就相应吊高了观众的胃口，提升了后来的喜悦感。

218 和 219 号场景。我将两个场景整合成了一个。我相信整个场景在狱舍里发生会比较好，更直接也更有趣味。

222-227 号场景。在斯蒂芬·金的故事里，这个段落一直是我最喜欢的段落之一，第一次读的时候我边笑边流泪，泪水在脸颊上滑落。同时这也是一个最佳范例，证明写得非常动人的段落到了银幕上会变得死气沉沉，难以为继，点出了书籍和电影的本质区别。小说和电影是两种不同的语言，有时候两者之间无法互译。文字上令人笑到岔气的东西，搬到大银幕上就变得令人难以忍受地不自然和拖沓。我的剪辑师理查德和我花了几个星期来搞清楚为什么会不成功，我们重新剪辑了无数遍，想让这组镜头合进来。到最后，我终于弄清楚了原因——这组镜头不属于这部电影。为什么？因为当我们看到诺顿发现海报后面的通道时，当我们意识到安迪已经有如神助地越狱时，我们希望由电影来揭示前因后果。我们想知道之后发生了什么，安迪去了哪里，他是怎么逃脱的。我们不想脱离这个话题，跟着一个我们从没见过的角色，花上两分半钟时间，穿过通风井找到绳索的末端。

当我要求理查德删除整组段落镜头的时候——意味着直接从221号场景（典狱长张望着通道，一脸震惊）转到228号场景（州立警察的车在道路上飞驰）——整段电影突然活过来了，充满了之前缺乏的活力和能量。从叙事角度来看，这是非常正确的决定。（向罗里的扮演者安东尼·卢塞罗道歉，因为他的戏份被全部剪掉了。我的另一个遗憾，是你们没有机会看到摩根大笑的镜头。我的天哪，那个家伙笑了超过两分钟，笑得满脸泪水，呼吸都不均匀了，让旁观者们也感到万般无助。那是神一样的演技啊。）

228号场景。你在电影里看到的和剧本里的描述别无二致：一条郊外公路通向远处的肖申克监狱。你没在银幕中看到的是，这条似乎通往旧监狱的郊区公路，实际上是通向新监狱的公路（如果摄像机再往左右多晃动几度，你就能看到栅栏了）。

231 号场景。在拍摄时和 233 号场景合并了。瑞德在 232 和 233 号场景的画外音经过调整变得更加流畅。

234 号场景。这个场景的结尾（看守在门外晃过，安迪扑到床上）最后没有拍。

236~238 号场景。在剪辑时因为片长关系被舍弃了。

239 和 240 号场景。可有可无的场景，最后没有拍。

241 号场景。这个画面放在整组段落镜头里似乎有些不和谐，所以在剪辑时被舍弃了。瑞德的画外音转移到了 242 号场景。

243 号场景。在剪辑时考虑到电影的节奏，被舍弃了。瑞德的画外音转移到了 244 号场景。

249 号场景。很明显，脚本里的描述比电影里要更加详实。我们只能再次谴责时间，因为我只有很少的时间来拍摄这个场景。（如果说电影里还有什么我希望再改进的，那便是再多拍至少一到两个安迪爬下通风井的镜头。）另外，因为陶瓷下水管比我写作时想象的更粗更结实，脚本里安迪那根细小的破石锤被换成了一块称手的混凝土块，用这个来砸开管道，可信度更高。

253号场景。这是由我的剪辑师理查德提供的完美灵感，不让安迪的脸出现在这个场景里，而是等到254号场景再出现。

255号场景。出于节奏的考虑，我在剪辑时剪掉了这个场景的后半部分（报社的人跳起来，呼唤他的记者们）。因此，玻璃门上的"波特兰号角日报"的字样也被剪掉了。作为补偿，我增加了某个女人接电话的画外音："早上好，波特兰号角日报。"（精简后的版本也让下个场景里诺顿典狱长将报纸砸在桌上更有笑果。）

256号场景。在讨论这个场景的走位时，罗杰·狄金斯提了一个很棒的建议——直接让报纸砸在镜头上。这样就避免了诺顿走进办公室，走到桌子前的那些"鞋底"镜头。

264号场景。在拍摄时，我决定让这天的工作更轻松一些，于是去掉了地方检察官和州立警察的戏份。

在前期制作的时候，我们就发现房间里的布置（桌子的位置和保险箱）没有办法让诺顿的"鲜血和脑浆"像剧本里写的那样飞溅开来（其实也没什么，这种马丁·斯科塞斯式的电影效果原本就和我在电影其余部分对暴力的描绘存在非常大的冲突）。既然桌子就摆在窗前，我觉得不如让玻璃窗在他身后炸裂。（尽管我完全是按照脚本里写的方式来表现诺顿的自杀，但让我吃惊的是，有几个参加了试映会的观众跟我们抱怨说这个场景太"血腥"了。这只能再次证明音效起了多大的作用。如果仔细观察你会发现，当诺顿朝自己开枪的时候，你看不到任何暴力或是血淋淋的镜头——没有火花，也没有真的开枪，更没有血飞溅到整间屋子里。你只是看到一个演员把枪顶在他的脸颊上和窗户颤抖的一瞬间，然后就是枪掉在地上的近景镜头。一旦加入了枪响和玻璃碎裂的音效，你就成功地让观众中的一些人真真切切地看到了他们没有看到的东西。）

267 号场景。这个场景以及 298 和 299 号场景（电影末尾，安迪和瑞德在沙滩上重逢）都是在正式拍摄的最后一天，拍摄于美国维尔京群岛（靠近墨西哥）的圣克罗伊岛。我爱死了这个场景——俯拍镜头有着奇迹般横扫的自由感——但这个场景也出现了整个电影中最糟糕的时间线错误。虽然没有人提过发现这个错误，但实际上安迪在

1966 年开到墨西哥的庞蒂亚克 GTO 是一款 1969 年才推出的汽车。我们工作出色、资源丰富的运输协调人大卫·玛德原本安排的是一辆 1965 年的敞篷野马，要从夏威夷运过来拍摄。但是车主在最后一刻反悔了。随着拍摄团队到来的时间越来越近，大卫焦急地在岛内寻找合适的替代品。他找到了一辆 1969 年的 GTO（虽然有些年头，但还是一辆漂亮的车子）。

268 号场景。此例充分阐述了拥有优秀演员的优势。海伍德讲述的故事和桌子周围人们的反应，完全没有经过排练，全是即兴表演。扮演海伍德的优秀演员比尔·桑德勒[17]直接出场，对整张餐桌的把控仿佛管弦乐团的指挥一般。其他演员也作出了恰当的回应，演出了一份完美的友情。基于此，这成为电影中我最喜欢的场景之一。

269 号场景。有一件很悲哀的事情：我们在旧俄亥俄州州立改造中心的围墙外发现了一个穷人的墓地。这是那些在监狱内死去，却没有家人来认领尸骨的囚犯们的葬身之处。同样悲哀的是，墓碑上面甚至没有逝者的名字，而只有他们的编号（正如比尔·桑德勒[18]所述，这些人甚至在死后也不得归还身份）。这个墓园如此令人难忘，所以

17　此处有误，应为"威廉·桑德勒"。——译者注
18　此处有误，应为"威廉·桑德勒"。——译者注

我花了不少拍摄时间，想找机会把它放到电影里。这个场景正是最佳选择——整个画面和瑞德的心境，都传达出挥之不去的忧伤和失落。

270-273 号场景。另一个我们没有时间拍摄的段落镜头。在所有成为拍摄日程牺牲者的场景里，这一组是最让我感到惋惜的。对于叙事来说，这一段一点儿也不重要，而且我估计电影里缺了这部分也没有什么损失。但是作为作者而言，我认为这是整个脚本中最精彩的（毫无疑问，这也是最冒险的，不过有时候，风险最大的偏就是最吸引人的）。如果有机会把纸上写的都拍到电影里……好吧，坦白地说，可能根本就拍不成。不过，也有可能会是很庄严的场景。我们谁都不知道。

277 号场景。在剪辑时因为片长关系被舍弃了。

278 号场景。可有可无的场景，最后没有拍。

281 号场景。甲壳虫的音乐暗示被舍弃了（见 282 到 286 号场景的解释）。

282-286 号场景。试映的过程，往往会给导演（还有许多电影爱好者们）带来负面打击。不过，关于这一点还是颇有争议的。没错，这是你一生当中最折磨神经的一个夜晚。正在放映的是"施工版"的电影，你的编辑已经在电影剪辑机上拖动了几百亿次，胶片上大量的擦痕，颜色错位，临时性的音效和单声道混音，就连音乐都是从其他原声带里借用的，每次从一个场景转切到另一个场景，胶片连接处都会在放映机的闸门前跳帧——基本上包括了所有你不希望观众看到的东西。话虽如此，尽管你曾挨过电影诞生的每一秒，但事实上，直到你待在电影院内，跟一群真正的电影爱好者们坐在一起，观看电影在银幕上出现的每一刻，你才得以了解电影的真容。在近距离的观察下，一个观众就仿佛变成了一个器官生物——我发誓，你可以感受到他们的呼吸，感应到他们的情绪，品尝他们的反应。这让你通过新的眼睛来看自己的电影。更主要的是，这让你痛苦地注意到电影里有哪里不对劲……

说回282到286号场景。和观众一同观看这些场景是非常惊奇的体验。别理解错我的意思，这是一组非常棒的场景。单独观看或是放进电影里看都非常地美妙（特别是282号场景，瑞德观察那些女人的镜头；真是要命，观众们喜欢这个场景）。但是这里出现了奇怪的反差：尽管观众很享受看到这一幕幕场景，但是这组段落镜头本身让他们感到极其不耐烦。为什么？因为这里花了三分钟去讲述他们早就知道的东西。他们知道瑞德被体制化了，也知道他在外面玩不转。他们怎么可能不知道呢？除了之前电影里布鲁克斯·哈特伦（詹姆斯·惠特摩尔）埋下的伏笔，瑞德自己也在205号场景里直接作出了说明。所以当摩根·弗里曼进入279号酒店房间，抬头看到刻在横梁上的"布鲁克斯·哈特伦曾经来过"时，观众们就理解了。他们相信了。在相信之后，他们想看瑞德走到那棵长在长长石墙旁边的树下。他们想要知道电影是怎么结束的。

这显示出电影爱好者有时候比电影导演想象的更具有直觉。有时候他们已经想到三步以后的故事了，所以你也得跟上他们。尽管场景本身不错，但剪掉282到286号场景后整个影片的结尾更加紧凑。就好比从观众那边取掉了一根该死的刺。（这样说来，这和剪掉222到227号场景——也就是年轻看守在安迪逃走后钻下通风扇的部分——并无太多不同。）

287和288号场景。因为瑞德接下来的目标是一片"在最北边有一棵大橡树"的草田。我一直很明白自己希望他走在野外，手中拿着指南针。在拍摄的时候，我突发奇想，觉得增加这个指南针出现在当铺橱窗的镜头可能是个很棒的细节，这样就和同样摆着的枪形成了视觉和主题上的呼应。从象征意义上讲（这里我就不说得太抽象了），我认为"枪和指南针"或许能折射出瑞德那扭曲的精神状态，在绝望和希望之间的摇摆。在288号场景，当我们看到他手捧着指南针出现在酒店房间里的时候,我们知道他(至少暂时地)投向了希望。

292号场景。在拍摄时,我决定拍一个信封上没有写瑞德名字的版本。我很高兴我这么做了:虽然只是拖延了几秒钟,但比起在信封上写下"瑞德"来直接告诉观众那个神秘物件是来自安迪的消息出彩多了。

另外,在检查这个神秘物件时,瑞德曾两度朝四处张望,仿佛害怕被人看见。这个滑稽却辛辣的"囚犯的妄想"正是出自摩根·弗里曼极其精到的即兴表演。

"292A"号场景。我给这个场景编号加了引号,因为这组段落镜头实际上没有出现在你们读的脚本里。(这是一段手写在场记的现场版本里的补充。)我指的是出现在电影里292和293号场景之间的一个场景,是摩根·弗里曼在读完安迪的信后穿过阳光斑驳的草地的一组抒情镜头。我把这组镜头单独拎出来说,是因为这一组镜头以及10号场景里的监狱俯瞰镜头是所有人最喜欢的电影画面。这组镜头之所以独特,乃至从优美变得令人无法呼吸,实际上得益于瑞德身边那片紫苜蓿丛中无数跳跃的蚱蜢:它们的翅膀扬在空中,在下午的阳光下微微发亮。

这是一个很美的镜头,是我个人的最爱,但毫无疑问不是我们可以计划的。（你能想象怎么去训练一堆蚱蜢吗？）我们在好几个月前就选定了拍摄地点，这让我的天才的制作设计师（没错，特里·马什）和他勤奋的团队有足够时间去准备拍摄场景。我们跟那片土地的主人达成了一笔交易，割掉了原有的紫苜蓿。然后由特里那百折不挠的艺术团队用一块一块石头亲手垒出了一道墙。（你该不会以为我们是直接发现了那座墙的吧？上帝和宇宙不提供的东西，艺术部门必须提供。）斯蒂芬·金将那道墙描述成"从罗伯特·弗洛斯特的诗里出来的"。好吧，我想特里和他的海盗们给金和弗罗斯特都争光了。我也不知道这道墙造好之前，他们究竟运来了多少车石头（我也从来没敢问），但是我之前在艺术部门工作过，我跟你保证，这是非凡的成就。

理论上，等墙建好的时候，下一茬紫苜蓿也长出来了。我们几个月后回来拍摄时，能得到一个完美的拍摄场地。理论没有出错，计划和苦工也都做到位了，那个地方实在是美不胜收……

而且，还有意想不到的收获——众所周知，俄亥俄州的夏末正是蚱蜢繁衍的季节。新成长的紫苜蓿田就是它们的温巢，走不了几步就会惊起一堆虫子在空中飞舞。在影片拍摄那段时间，关于这些蚱蜢的念头一直在困扰着我：如果我可以把它们用到电影里……

让我们来详尽地回顾一下吧。那天，当拍摄工作最终完成时，我看了一眼手表，离收工还有20分钟。我扫视着苜蓿田。西边的风景美不胜收，有如魔术一般的夕阳在林间投下一片黑色的暗影。我问我们的摄影师罗杰·狄金斯，能不能挤出一组机位，很快地拍一段。我描述了想拍的画面。在我反应过来之前，大家一阵鸡飞狗跳，只看到手臂飞舞，埋设推轨，整支摄影师队伍安装胶片，迅速完成了搭设。那真是一段愉快的时光，当所有工作任务完成之后，每个人都卸除了压力，将热情贯注到最后这一个额外的镜头本身……

架好了摄影机，我看着摩根·弗里曼在我们的二号第二助理导演麦克·格林伍德（我们为什么不直接喊他第三助理导演？我也不晓得）的护送下走进草丛，蚱蜢随着他们的深入完美地跳跃着。摩根就位，等待我喊出开始。麦克猫着腰跑出镜头，像片阴影一样消失不见。摄像机开始转动。Action！摩根如同众人所想的那样写意抒情地跨过草地……

"……竟然连一只可怜的蚱蜢都没有跳出来，哪怕跳得像扭曲的天线也好。"我立即想到了原因：这不明摆着嘛，因为一开始摩根和麦克的沉重脚步，所有在他通过的道路上的小东西们都被吓跑了（该死，我眼睁睁地看着它们逃走了）。我喊了停，又看了一眼手表。就快超出工会规定的工作时间了，时间在一分一秒流逝。突然之间，在演职员吃惊的注视下，我，发疯一般的导演冲进了苜蓿田，大喊大叫，跳着迪斯科，想把那些顽抗的虫子们吓回摩根途经的道路上。我们就像在激怒狮子的斗士，我就是《特技替身》里的彼德·奥图。我不能让蚱蜢给拒绝了！感谢上帝，ASPCA的那位女士不在这里，不然她会因为吓到了这些可怜的小可爱们而踢我屁股的!

转动摄影机!Action!摩根开始前进,然后——慢慢地,等等!——蚱蜢开始朝着天空喷涌,成千上万,遮蔽了光线,仿佛小精灵般闪耀,真真切切的蚱蜢万花筒!Cut,完成!

这里只是要说明,有时候,艺术部门没法提供的,上帝或者宇宙会提供。只要你用心观察。

298 和 299 号场景。299 的对话在书里恰到好处,搬到银幕上却糟透了。这些台词读出来的时候不仅破坏了这一时刻的默契和情绪,而且有种甜得发腻的"哦,上帝呀,我们难道不可爱吗"的特质,让你和坐在电影院里的所有人都恶心到要尖叫。相信我,在历史中,从来没有一部电影能像《肖申克的救赎》,因为把两句对话像臭狗屎一样丢到剪辑室的地板上而更加受益匪浅。

因为这不是斯蒂芬·金的剧情,所以我总是被问起沙滩上的结局。大多数人喜欢这个结局,虽然也有一部分观众是小说的死忠,他们更喜欢斯蒂芬的小说结局里所描绘的巴士在路上越开越远的画面。不管喜欢哪一种结局,观众们都很想知道究竟是谁出的点子,还有改动背后的原因。真相是,我脚本的第一稿里没有这个场景,就像金的故事那样在巴士的地方就结束了。但是城堡石的一群热心人(主要是我们的守护神莉兹·格劳泽)建议说观众在伴随着角色经历了所有挣扎和苦难之后,想要看到安迪和瑞德再次相逢。尽管对此我十分怀疑——我倒不是觉得城堡石就错了,但还是续写了新的场景。我清楚地知道,如果不成功的话,我随时可以将它排除在外。

当我们一起在剪辑室里剪辑镜头的时候,我们都喜欢上了这一幕。(我的剪辑师理查德对这个话题尤其滔滔不绝:"你傻了么?你一定得把这一幕放到电影里!看看摩根脸上的笑容,太棒了!")不管怎样,我还是犹豫着要不要用,还是有些担心。在作出最终决定之前,我想看看真正的观众是怎样看待这个结局的。第一场试映的晚上,我得到了我的答案——他们喜欢这个结局。他们在抽泣,欢呼。更主要的是,在他们填的试映反馈表上,超过 90% 的观众表示这是他们最喜欢的场景。(此外最受欢迎的是 60 号场景,囚犯们在屋顶上喝啤酒那一幕。)

面对这样的结果,我还需要再争辩么?我觉得迎合观众和给观众他们喜欢的,是有所区别的。除此之外,正如我所说的,我自己也开始喜欢上这一幕了。回顾起来,我其实也没有其他的表达方式可选。莉兹·格劳泽关于提供情绪宣泄的观点是对的。但是应该还有更多,从纯电影的角度,我觉得应当给电影一个圆满的完结。随着最终画面的结束,我们带着观众走过了完整的旅程,起始于高墙之下密不透风的恐惧和压抑,终了于了无边界的地平线。影片从黑暗步入光明,从寒冷进入温暖,从毫无色彩到达了尽是缤纷色彩的地方,从肉体和精神的桎梏抵达完整的自由(这正是我想要在 271 和 272 号场景里传达的内容，也是我之前从未有机会拍摄的梦中场景）。结果就是，我认为对于我们经历了漫长冒险的主人公来说，这可真是个迷人的、令人激动的归宿……

分镜剧本

学生们常常问起"分镜剧本",也就是用传统的漫画形式把电影提前视觉化的过程。在计划拍摄镜头时,分镜剧本能有多少价值呢?什么时候是必要的?什么时候又不需要?我确信你会从不同的导演那里得到迥然不同的答案。我认为在电影制作当中唯一的硬性规定,就是根本没有什么硬性规定,只有本能,还有最适合你的方法。主观地来讲,我认为分镜剧本非常有价值,不过只体现在实物的段落场景里。关于"实物",我所指的不仅仅是砰砰作响的动作和特效场景(对于这类场景,我认为分镜是极其重要的),还包括了较多倚重视觉而非语言的叙事场景——特别是那些讲求拍摄顺序的场景。

比如说,安迪到达肖申克监狱的场景并非我们通常所言的"动作类场景"。但是考虑到整个段落镜头在场景方面的挑战(一座庞大的监狱,500位临时演员,接近12位领衔主演,一辆巴士,还有颇有雄心壮志的直升机俯拍镜头),我必须在走进片场时就清楚知道,所有能够拍摄的角度都被照顾到了,以确保将来能剪辑出连贯且满足创意所需的段落镜头。不仅如此,为了有效率地计划安排,我的队伍需要知道拍摄每一个镜头的要求。(相信我,没有什么比待在布景前浪费一整天的拍摄时间,只为搞清楚怎样摆放你的摄影机更加糟糕的了。)

到了纯粹对话的段落,那我就要质疑分镜剧本的价值了。关于"对话",我指的是非常直观、只有演员间对话的场景。毫无疑问,镜头的数量和拍摄角度都是由导演和摄影师依据演员的走位和排练情况(经常还要加上场记的意见)来掌控的。你可以根据演员的站位、走动、转身或坐下决定怎样把场景拍出来(换成术语,也就是常被你那位机灵的助理导演念叨的"场景构建")。我实在看不出有把这类事情画出来的必要,因为大多数对话场景由说话的面孔组成——除此之外,不管你提前做了怎样的布置,演员对于自己的站立坐行总会有自己的想法,而且就应该这样——他们都是演员,而不是棋子。(我再次申明,这是非常主观的看法——如果你觉得把对话场景做成分镜能帮助你更高效地拍摄,无论如何都去画吧。总的来说,提前规划不会是无用的。)

分镜剧本会是任意样式或大小的。有些是非常简略的草图,上面画着火柴小人,另一些非常详细,一目了然。有些导演喜欢自己画分镜(我知道布莱恩·德·帕尔玛是在自己的电脑上画的,他用的是一个分镜图软件),其他人则喜欢聘用专业画师,这也是最常见,而且就我而言,最理所当然的方式。分镜剧本创作的过程包括和画师(还有摄影师,如果我能把他从前期准备的那堆工作中解放出来的话)坐到一起,过一遍场景,想象最能表达故事的拍摄角度。我会试着描述我脑海中的画面。画师先听,给出意见,然后作画。最终成果,如果如我所愿，将会是一张可供所有人员研究、了解和使用的蓝图，是将段落镜头转化成电影的说明书。

最后，请允许我再讲一点：和分镜剧本有关，但已经超出了绘制分镜剧本的范畴。你可以在任何地方来做影片的视觉化——办公室，起居室，都由你决定——但我觉得，最有价值的地方，如果可以实现的话，会是在影片即将拍摄的现场。有一点我非常确定：取景地点每次都会和我想象中的有所不同，最终也会给影片拍摄带来一些要求。（有时候，取景地点说了算。）这也是为什么我会试着挤出尽可能多的前期制作时间，和我的摄影师一起去看现场，然后无休止地讨论在拍摄当天各个段落镜头时可能会采用哪些拍摄角度。对我来说，我花在前期"踩点"上的时间是最有价值的时间（能为以后的拍摄省掉相当一部分时间），而如果能带上分镜剧本画师一起，那就更好不过了。

以下所列是两套相当长的段落镜头图：其中一套出现在了电影里，另一套则没有（至少不是完全按照分镜图来的）。这些分镜图是由画师彼得·冯·谢利画的，我是1986年在他给查克·拉塞尔《猛鬼街3：梦之战》做分镜时和他认识的。在那之后，查克和我一有机会就找他合作，因为他有一套非常棒的设备来渲染（以及帮助视效化）场景。翻开他的作品，我确信你会立即认出电影中的监狱——显而易见，彼得和我一起在俄亥俄州花了不少的时间，根据现场绘制分镜图。请欣赏他的作品。

"新囚犯到来" 10-13号场景

page 1

瑞德走出大门……

镜头摇向他的右侧……

他走上台阶……

……进入后院。

肖申克的救赎

10–13号场景

page 2

用稳定架拍摄瑞德走下台阶,走向他的弟兄……

跟着他们进入后院。听到警报声响起,他们转身开始向正门走去……

呜呜!

增加拍摄角度,来配合画外音长度!

长镜头拍摄瑞德一群人走向镜头。(用不同的速率拍摄,慢动作!)

10-13号场景

page 3

摇向到来的巴士……

转用直升机视角，拍摄巴士的行进……

继续跟进！
镜头升高，拍到整座监狱……

下降俯拍塔楼……

肖申克的救赎

10-13号场景

page 4

接上页

拍摄院子和下面的囚犯们……

镜头

镜头摇转

继续推进……

侧向移动镜头,越过监狱围墙……

……巴士一路驶来。

10-13号场景

page 5

镜头

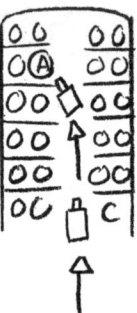

推轨（或稳定架）从路面往上移，拍到安迪。

10-13号场景

page 7

看守从屋顶的塔楼里冲出来……

用稳定架,向前,到两人中间……

高位拍摄巴士停进监狱。

肖申克的救赎

10-13号场景

page 8

用稳定架，拍摄巴士车门。

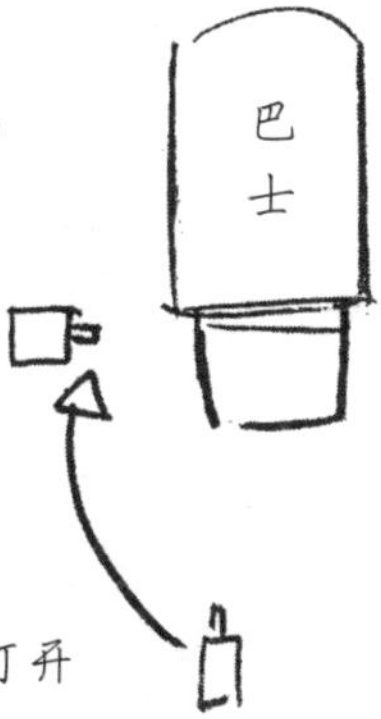

哈德利和看守打开车门。

犯人陆续下车……

我们以安迪的镜头做结尾。

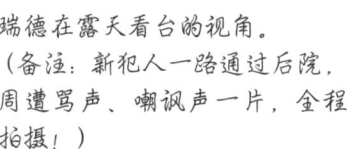

瑞德在露天看台的视角。
（备注：新犯人一路通过后院，周遭骂声、嘲讽声一片，全程拍摄！）

10-13号场景

page 9

瑞德和他的兄弟：
通过大量个人和群体镜头来保证对话长度。

安迪（和新犯人）的视角：
囚犯们不断喊着脏话，摇晃铁丝网。

用稳定架，在安迪前方，一直通过后院。
（备注：要注意拍到"胖屁股"和其他有趣的面孔！）

安迪抬头，敬畏地望着面前的建筑。

10-13号场景

page 10

安迪的视角：

向前移动……

倾斜向上……

被建筑吞噬……

……陷入黑暗！

一组连续镜头结束。

"博格斯的堕落"　　69-77号场景

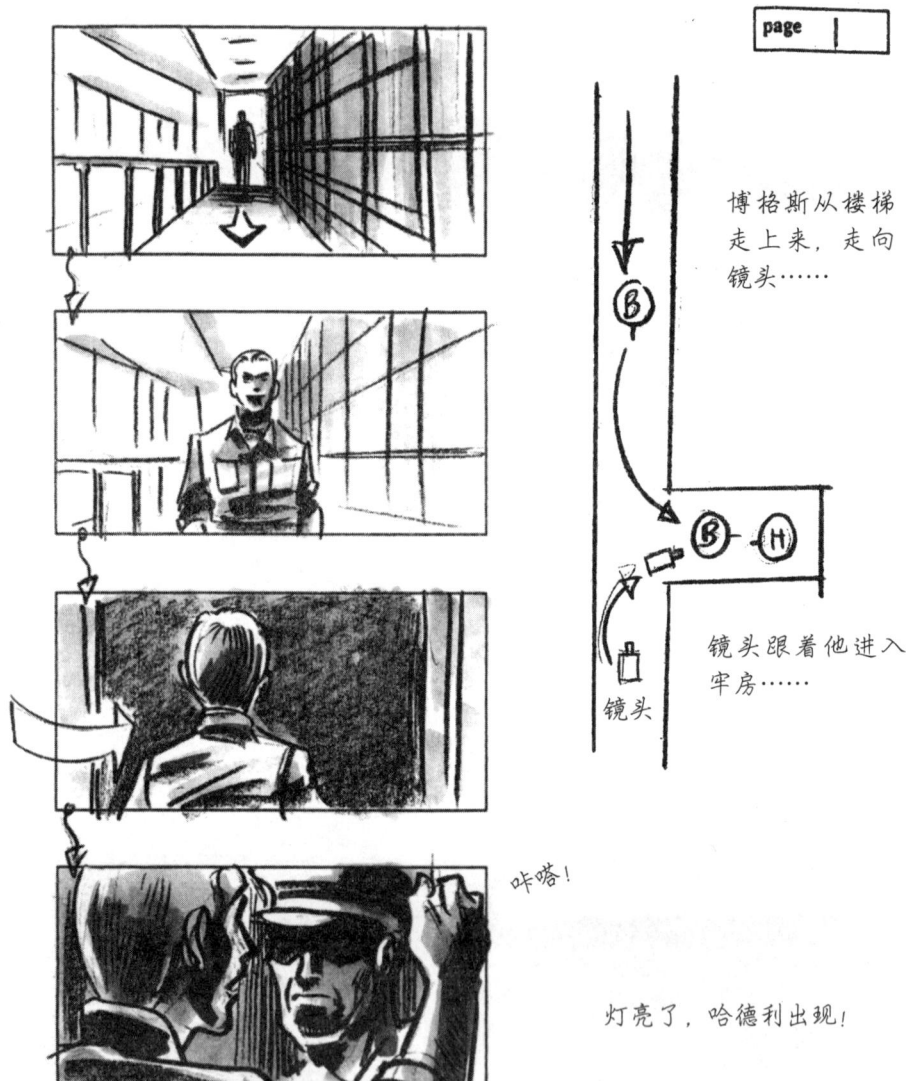

博格斯从楼梯走上来,走向镜头……

镜头跟着他进入牢房……

咔嗒!

灯亮了,哈德利出现!

肖申克的救赎

69-77号场景

page 2

米尔特

米尔特进入镜头，站在博格斯身后……

啊……

哈德利把警棍捅在博格斯的小腹上！

69-77号场景

博格斯倒在地板上……

殴打开始!

仰拍哈德利和米尔特……

从对过牢房用广角拍摄……

肖申克的救赎

69-77号场景

page 4

瑞德在补袜子……

听到奇怪的声音,他抬起头……

镜头推进,瑞德走出他的牢房……
(备注:这里是主镜头,展示瑞德正在寻找声音的来源。)

69-77号场景

page 5

以窗户为背景

朝西的拍摄角度
（以窗户为背景）

朝东的拍摄角度
（转换角度，以墙为背景）

瑞德的视角：厄尔尼推着车，出现在镜头中……

用低角度仰拍厄尔尼走近……

肖申克的救赎

69-77号场景

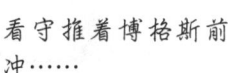

看守推着博格斯前冲……

……翻过了栏杆！

俯拍：瑞德抬头，声音从画面外传来！

瑞德的视角：博格斯朝着镜头垂直落下！（演员有保险绳保护。）

69-77号场景

page 7

博格斯的视角：镜头系在挂绳上，越过瑞德，冲出画面！

坠落镜头的视角：一路继续向下坠，落进清洁车！（给瑞德单独镜头）

厄尔尼走了过来……

肖申克的救赎

69-77号场景

……博格斯掉了下来！

碰撞！

清洁车打滑！

一路撞过去，囚犯们纷纷躲闪！

瑞德往下看，目瞪口呆。（和 page 4 一样的拍摄角度。）

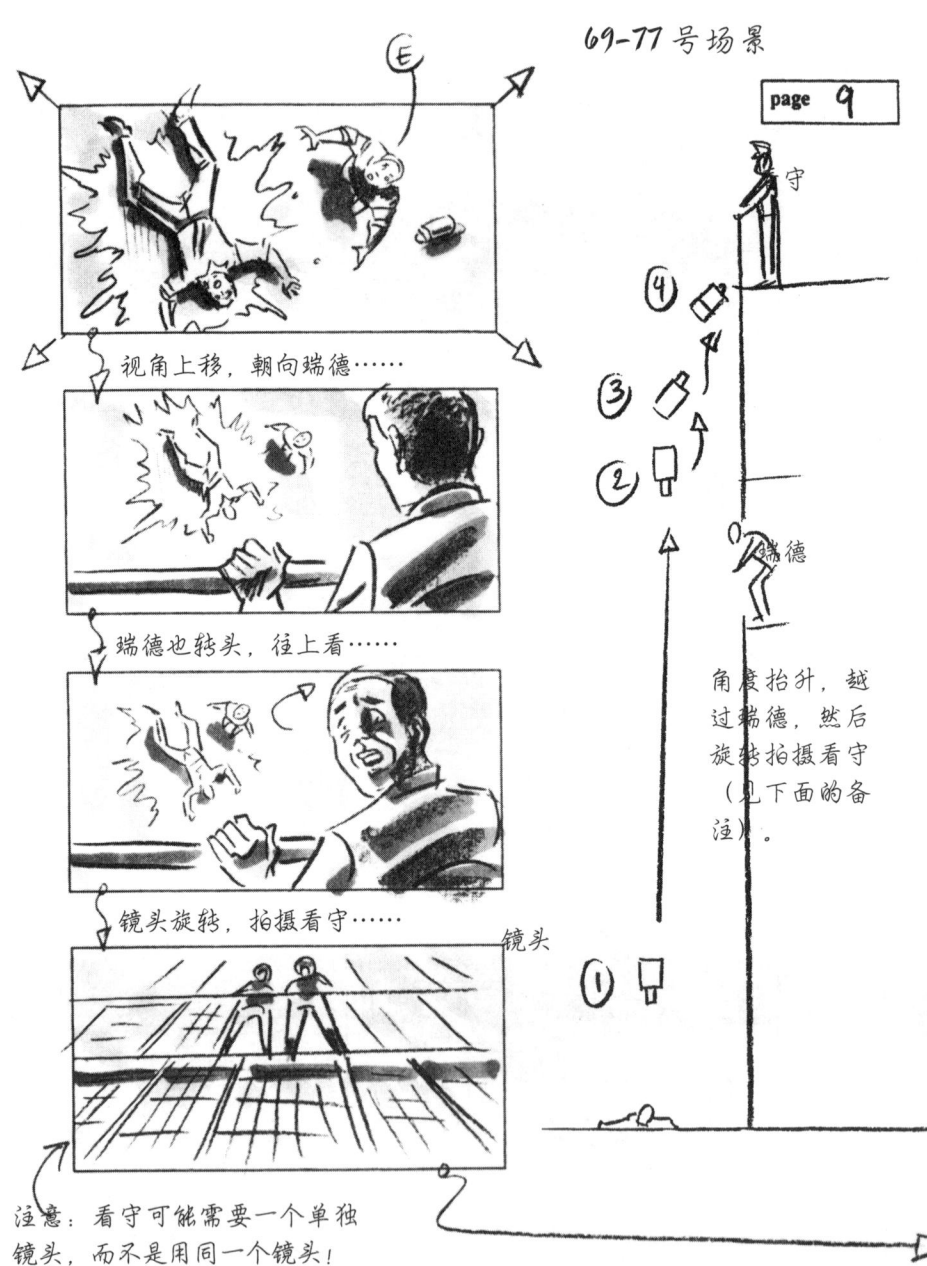

69-77号场景

page 10

接上页

抬升到看守的高度,拍摄对话……

"该死,拜伦……"

拉近,拍到哈德利的鞋子,我们可以看到鲜血流下来……

……落到瑞德的脸颊上。

瑞德擦掉脸上的血,回头朝下,看到有看守和囚犯朝博格斯跑过去。

一组连续镜头结束。

后记：来自壕沟里的备忘录

弗兰克·达拉邦特

《来自壕沟里的备忘录》最初是作为客座随笔，稍加改动于1995年发表在大卫·J. 斯科设在《方格利亚》杂志[19]的"胡言乱语"专栏上的（感谢戴夫邀请我）。在这里重新刊登本文，是希望它能为在座的各位编剧和导演同行们带来一些启发。

到现在，我有幸成为职业编剧（新近又成了导演）已经快十个年头了。人们常常会问我，干我这一行是怎么样的感觉——这个问题本身无可厚非，只是话里的语气仿佛在说，如果我的回答不如他们所预期的那般诱人和有趣的话，他们会大失所望。这是非常有意思而且获益良多的生活，拿什么我都不愿交换——尽管我必须公平公正地说，日常的编剧工作和我在孩提时代对电影行业的幻想几乎毫不沾边。

就在不久前，我执导了一部根据中篇小说《丽塔·海华斯和肖申克的救赎》改编的电影，这篇小说出自斯蒂芬·金的《四季奇谭》（这是金最棒的书之一，如果你还没买过的话，就去看一眼吧）。影片由

19　《方格利亚》是美国影响力最大的恐怖电影杂志。——译者注

蒂姆·罗宾斯和摩根·弗里曼出演。还有一批激情四射的演员，包括克兰西·布朗（非常受欢迎的类型演员，他饰演过的角色包括《挑战者》中的科根和《新娘》里弗兰克斯坦的怪物），《虎胆龙威Ⅱ》里的硬汉威廉·桑德勒，《异形》里大战虫子马克·罗斯顿，没有得到足够的关注，却依旧是真正的国宝的詹姆斯·惠特摩尔（近来因为出现在美乐棵的电视广告里而被众人所熟知，不过在我心里，他永远是《X射线》里那位同巨大的蚂蚁作战的和善狱警，或是罗德·瑟林那部令人难忘的剧集《迷离时空》里《周四我们出发回家》一集中被流放到遥远星球上的幸存者们的领袖）。在指导拍摄的过程中，我和斯蒂芬·金终于在通过电话和信件交往了十四年后，第一次见面、吃饭（他到剪辑室来看了几卷样片，然后我们到圣丹斯咖啡馆，吃着鳄梨、培根和起司汉堡，喝着百加得）。我还认识了杰出的电影导演罗伯·莱纳，并有幸得到他的指点（他和金也很相熟，执导了《伴我同行》和《危情十日》——至今为止我看过的金的小说的最好改编电影——还要算上柯南伯格的《死亡地带》）。我把接近成片的电影拿给乔治·卢卡斯点评（他非常喜欢这部片子），还和诸如芭芭拉·史翠珊、比利·克里斯托、汤姆·克鲁斯、杰克·尼克尔森、阿诺德·施瓦辛格和苏珊·萨兰登等等名人会过面。

好了，我们言归正传。从上面的描述来看，你们当中有多少人觉得我干的这份事业听上去超级光鲜亮丽和有趣？来，我们举下手。

好，这也许听起来是有点诱人，但直到现在我才有时间去回顾一番。大部分时候，这份工作意味着数不清的苦活累活和异常珍贵的一丁点儿光彩——那也是被《今夜娱乐》或是《E！》硬生生地灌到你嘴里的。一年365个残酷无情的日子。不相信？让我们来看看这份职业介绍的背面：我们在1993年1月开始《肖申克的救赎》的前期制作——决定角色，选择拍摄地点，和主要的技术人员开开不完的会，你能想到的都要做。我的制片人和我为此都积攒了许多飞行里程数，在许多个深夜里费尽脑汁考量这个那个演员的优劣（多亏了我们的选角导演迪布拉·阿奎拉，让一个个深夜变得物超所值，让我们笑到前仰后合。我们也不甘示弱——我发誓，时间越晚，我们就闹得越厉害）。前期阶段持续了五个月（三个月在洛杉矶，两个月在俄亥俄州的拍摄地点），到最后我真是精疲力竭了。你听说过那句俗语么，独腿人去参加踢屁股大赛——说真的，筹备电影会让你觉得像被独腿人在屁股上重重踹了一脚。

接下来，真正的工作开始了。在俄亥俄州曼斯菲尔德历时三个月的拍摄，一星期开工6天，每天15到18个小时，几乎没有坐下来的时间。然后到了星期天（就假设那天是我的休息日），我得坐下来计划接下来一周要拍摄的场景（换句话说，就是做功课）。用"疲惫"这个词来表达还不够强烈——他们得再发明一个更合适的词。你像僵尸那样晕晕乎乎，拧紧发条后像个自动导航仪一般工作，退化到像斯蒂芬·金的小说《跋涉》里的孩子那样，只知道让一只脚迈在另一只脚前面。终点线像是某座神秘的应许之地，你要试着不去想它，以免因为恋家和绝望而发狂；也知道要是掉了链子的话，他们会一枪毙了你，然后留你在这里任由秃鹫分而食之。睡眠变成了一种模糊不清的回忆。你需要无比的精神和体力。紧张带来的压力远胜过坚定信念。

不过，当拍摄的最后一天到来时，恭喜你，虽然步履艰难，但你已经成功挨过了八个月的前期制作和拍摄的耐力测试，活像华纳兄弟的老版拳击电影里出来的被揍得晕头转向的拳手，蹒跚而行。准备扔毛巾投降了？真遗憾，小鬼！因为拍摄电影的滚滚车轮已经转向了后期制作——比之前的遭遇要温柔一点——本身仍然是一场耐力测试（后期制作的最后一个月，我们把一周七天的时间都用在最终的音效混合上：混合对话、音乐和声效，直到我们的脑浆都要从耳朵里流下来）。

好了，现在听来还诱人吗？

嗯，我还能看到几双手。

我曾经问乔治·卢卡斯，为什么他有二十年没再执起导筒了。他的回答是这份职业苛求得太多了，从你身上掏走了许多，直接让你变得空无（这段话竟然出自一位我所见过的最不知疲倦、最有工作操守的人）。现在我自己也导演过了电影，明白了个中的意味。这部电影耗掉了近一年的时间，还有我的半条命。朋友，这里面一点也不光鲜，稍微有点弥足珍贵的快乐,然后电视里的评论家们大概会花上 30 秒钟给我个拇指朝上或者拇指朝下的评价。不过这些评论家们不知道的是,任何电影,最神奇的地方并不在它们的品质优劣,而是它们终于被拍出来了。这就很神奇了。

现在,你大概在对自己说:这个叫达拉邦特的家伙听来像个不折不扣的蠢蛋。看看他,他有机会拍主流电影,结果却满口都是抱怨。他是要博同情么?等着有人拍拍他的背安慰,再叫来小提琴拉首伤感的歌?

答案并不是上面的任何一个。我不是要寻求什么。只是因为你们有人问起,所以我把自己每一天的实际经历讲给你们听。同情应该留给那些有需求的人,而不是像我这样有幸达成自己毕生梦想的人。没有人说过实现梦想会很简单,也没有人能保证这个过程会很有意思。我必须做到自己准备要做的事,在去做的过程当中我会产生深深的满足感。如果你问我,我会告诉你,我是这个星球上最幸运的人之一。

不过,如果这件事既不诱人,又没有一点意思,如果这份工作让人除了恶心反胃外一无所获,那为什么还要去做呢?

让我再透露个小秘密给你吧。我认为我们被这个国家的花言巧语给欺骗了。我们已经被完完全全地洗脑了,沉醉在虚假的类似啤酒广告词的宣传里,把"乐趣"当作了丈量一切努力的标准——一切值得做的事情理论上都应该挂上"有趣"的标签。我们对自己的期待的标准已经被侵蚀了。我们被 MTV 化和任天堂化了，瞬间就能得到满足，被家庭购物频道的垃圾信息所麻醉。我们的偶像不再是这个世界上的达者——比如爱因斯坦们、施韦策们、林登伯格们——现在我们有了巴特·辛普森、瘪四和大头蛋作为楷模，他们让无能变得似乎稀松平常，不仅如此，甚至是很酷的。这是不对的，我可不是那些应当受批判的毛头小子，相信瘪四和大头蛋是我们所有罪恶和痛苦的根源——我拒绝给予他们这样的评价——但这些年来面对那些庆祝和粉饰懒惰及任性的蠢事，我的耐心越来越少了。无知或是无能都不应该是骄傲地挂在身上的勋章。很遗憾，我们走"政治修正"路线的社会开始相信，不应该让任何人显得愚蠢。所以，如果强尼不认字，我们不要逼着他去学习——我们还是降低学校的教育标准吧，这样强尼就不会被孤零零地当成傻瓜，就不会觉得受伤害了。很棒的点子，强尼和他的同学们只会变成另一个迷惘的一代——等到他们从高中毕业，假设他们还能毕业的话，他们甚至会文盲到连自己的学位证都看不懂。

　　抱歉，伙计们，但我不认为我们的祖先在推崇追求幸福的时候，脑海里真的有过"及时行乐"的念头。生活可不附带"快乐保修卡"。我们也不是拿着游乐园 VIP 门票出生的。生活是由我们创造的，而最悲哀的损失，是你不能在获得的短暂时间里去探索你的潜力。

　　如果这段演说听上去开始像一场启示性的布道，那也是有原因的。迄今为止，在不少学院和大学里做过相当数量的演讲之后，我意识到一件事——电影学院不会教你怎样学会相信自己。而且从不断重复的问题和回答来看,我一直觉得学生们需要一份保证,来确认他们的目标和愿望——尽管看上去非常遥不可及——能够真的实现。

不过这需要努力。如果我也算个好范例的话。在以编剧的身份谋生之前,我度过九年的饥饿、打拼、磨炼。那些年月也过得贫乏无味,相信我。但是在那九年里我也不曾停止过工作。我认为自己非常幸运;但我也相信,任何人,只要勇于运用决心和努力去攻坚克难,只要能够抓住每一个哪怕微不足道的机会,培育对自己的坚定信念,都是可以创造属于自己的幸运的(这个理念也潜藏在《肖申克的救赎》的核心里,同样也是我爱上金的小说的最主要原因之一)。我最常说的笑话——事实上,我是很严肃地在说——在这个国家的鞋店和汉堡王里或许有着无数比我更有天赋的编剧和导演,不同之处在于我愿意投入九年的时间去努力,而他们没有。重点在于,托马斯·爱迪生在点亮那只该死的灯泡之前尝试了一千次。想象一下,要是他因为受到太多打击,在第九百九十九次之后便放弃了呢?

这里要传达的意思很简单,约翰·F.肯尼迪说得最贴切:"我们决定登陆月球,不是因为它轻而易举,而且是因为它困难重重。"简单翻译一下?如果你有个梦想,就赶快行动起来吧,把一只脚迈到另一只的前面去。在我而言,不管任何时候,相比瘪四和大头蛋,我更相信爱迪生和肯尼迪。

通往自由之路

《肖申克的救赎》从未在中国大陆公映,却是许多影迷心中的电影"圣经"。

"肖申克"因此成为专有名词。可正如莎士比亚的名句:名称有什么关系呢?玫瑰不叫玫瑰,依然芳香如故。* 肖申克让我们着迷,因为它关乎善恶、关乎自由、关乎心灵、关乎美好。永恒的主题常流于俗套,然而肖申克带给我们惊喜、感动、震撼、启迪抑或释然:可以看山是山,也可以看山不是山,更可以看山还是山,任君选择。但在一个法制严明的国度,一个善良的人却含冤入狱,被判终身监禁,他还能有选择吗?安迪的遭遇令人唏嘘愤怒。此处人类处境的荒谬,虽不及日复一日滚石上山的西西弗,也相差不远。然而安迪的答案是肯定的:有选择。自我救赎,那是唯一的道路。

高墙之内的社会只有两种人:好人和坏人——狱卒和囚犯。这里也有法律,但法律只为坏人而设。至于好人,是的,好人还需要遵守法律吗?这个社会相信两种东西:一是纪律,二是《圣经》。纪律背

---

* 莎士比亚名句,出自《罗密欧与朱丽叶》第二幕第二场,原文如下:What's in a name? That which we call a rose. By any other name would smell as sweet(Romeo and Juliet: Act Ⅱ, Scence2)。

在坏人身上，《圣经》含在好人嘴里。这里的人大多都是被侮辱与被损害的，可他们也在彼此侮辱和损害着；这个社会有贪污，有贿赂，有迫害，有谋杀，却几乎没有诗歌、音乐、清风和酒；在这个社会中，人们早已放弃梦想，也不再怀有希望，生命于他们而言，已经失却意义，唯有最简单的两个字：活着。像猪狗和蝼蚁一样活着，不挣扎也不反抗，给什么就拿什么，喂什么就吃什么。垂死之际回望平生，他们或许会感慨：这样的一生，有什么意思？还不如当初为点什么拼了呢。这其中的"为点什么"，大概就是我们常说的"人生意义"。这也是肖申克告诉我们的：关于真正的生活。有梦想、有希望、有尊严的生活，有诗歌、音乐、清风和酒的生活。假如这些统统没有，其实活与不活有何不同？正如安迪的名言：要么积极生存，要么赶紧去死。

在肖申克监狱，真正无辜的囚犯只有一个，那只叫杰克的乌鸦。它在电影中只出现过几次。短短几秒，写完了它的一生。可是我们应该记得：它入狱并非因为犯罪，它只是受了伤。在电影剧本的后半部分，它已经获得了真正的自由，可它还是要飞回来，在黑暗的角落里栖息苟活，然后无声无息地死去，无声无息地烂掉，任成群的蚂蚁爬过它的身体。

对肖申克的居民来说，这故事并不动人，更不值得悲伤，因为他们中的许多人都将这样度过一生。老布鲁克斯挨过漫长的刑期，在苍苍暮年重获自由，终于发现，原来自由并不美好，相反，它令人厌恶。

与肖申克相比，这世界太喧嚣也太孤寂，太杂乱、太没有规矩，他形单影只，深深恐惧，最终只能选择自杀。瑞德差点也步他后尘。电影中删掉了这一段：瑞德获释之后，在一家超市打杂，他时常为这个宽广的世界心慌。有一天他正在工作，孩子在跳，大人在叫，世界突然旋转起来，他惊慌失措，急匆匆地冲进厕所。这世界太大了，而他只需要一个狭小空间。他冲进厕所隔间，抬起脚，撑开双手，摸着身边的墙，终于找到了被囚禁的感觉，只有这样，他才会感到幸福与安全。肖申克的居民就是用这样的方式来怀念他们的祖国。我们可以设想，假如安迪没有越狱，这必然也是他的结局。

然而安迪天生与众不同，他是肖申克最后一个自由人——那只关不住的鸟。禁锢之地生长希望，苦难之处生长梦想，安迪坚信"万物之中，希望至美。至美之物，永不凋零"。他自始至终都选择了自我救赎的道路：与三姐妹抗争，为狱友争取工作福利，扩建图书馆，在狱中开办识字班……这一切努力，只是为了证明自己依然是个自由人，一个拥有自由心灵的人。他渴望站着生活，而不是匍匐在狱卒脚下，更不是成为他们的帮凶。影片中有一段话广为人知："这些墙很有趣。一开始你恨它，然后你学会适应它，过了足够久以后，你就再也离不开它了"。而安迪始终蔑视这些墙，拒绝被体制同化。他追求阳光，在墙上张贴美女海报，大声朗诵爱伦·坡的《乌鸦》，当然，还有更重要的东西：音乐和梦想——《费加罗的婚礼》那一场真是迷人，所有的人，无论粗俗的、高雅的、文明的、野蛮的，无论戏中人戏外人，全都昂起了头，朝着微风初起的方向。他们的表情之所以动人，因为那正是自由人该有的模样。

自由是不可感知的，只有不自由的人才会明白它的美妙。正如在安迪越狱后，瑞德的深夜独白："安迪走后，我常常会感到难过。但我必须提醒自己，有些鸟是关不住的，注定如此。它们的羽毛如此耀眼……当它们飞走时，你会由衷地为它们喝彩，因为你知道囚禁它们是一种罪恶……但是，当它们离去，你的生存之地会越发灰暗空虚"。影片最后，瑞德终于来到梦中的海岸，看到晴空碧海，平沙万里，他也许会回想肖申克的生涯：那里是囚牢，也是自由诞生的地方。正是在那里，一个从来不曾放弃理想的人，用整整十九年，挖开了通往自由的道路。

当晨曦初现，愿你所见，与我所见，同样美好，一般清冽。自由之路，就在面前，等待你们的选择。

慕容雪村 王凌

2012 年 12 月

THE SHAWSHANK REDEMPTION: THE SHOOTING SCRIPT by FRANK DARABONT, INTRODUCTION by STEPHEN KING
Copyright © 1996 compilation and design by NEWMARKET PRESS, STEPHEN KING INTRODUCTION by STEPHEN KING, FRANK DARABONT
This edition arranged with HARPER COLLINS – U.S.A.
through Big Apple Agency, Inc., Labuan, Malaysia.
Simplified Chinese edition copyright © 2015 Shanghai Insight Media Co.,
All rights reserved.
著作权合同登记号：18-2012-487

图书在版编目（ＣＩＰ）数据

肖申克的救赎 /（法）达拉邦特 (Darabont, F.) 著；王凌，慕容雪村译 . — 长沙：湖南人民出版社，2014.11
书名原文：The shawshank redemption
ISBN 978-7-5561-0635-6

Ⅰ.①肖… Ⅱ.①达…②王…③慕… Ⅲ.①电影文学剧本—美国—现代 Ⅳ.① I712.35
中国版本图书馆 CIP 数据核字 (2014) 第 269912 号

肖申克的救赎
XIAOSHENKE DE JIUSHU

[法] 弗兰克·达拉邦特 著　王凌　慕容雪村 译

出 版 人	谢清风
出 品 人	陈　垦
责任编辑	陈　刚
封面设计	张　苗
出版发行	湖南人民出版社
	长沙市营盘东路 3 号（410005）
网　　址	www.hnppp.com
出 品 方	中南出版传媒集团股份有限公司
	上海浦睿文化传播有限公司
	上海市万航渡路 888 号 15 楼 A（200042）
经　　销	湖南省新华书店
印　　刷	河北鹏润印刷有限公司
版　　次	2015 年 3 月第 1 版
	2025 年 9 月第 28 次印刷
开　　本	880mm×1230mm　1/32
印　　张	8
字　　数	100 千字
书　　号	ISBN 978-7-5561-0635-6
定　　价	32.00 元

版权专有，未经本社许可，不得翻印。
如有倒装、破损、少页等印装质量问题请联系：021-60455819